관상왕의
1번룰

관상왕의 1번 룸 6

가프 장편 소설

초판 1쇄 찍은 날 § 2015년 8월 18일
초판 1쇄 펴낸 날 § 2015년 8월 25일

지은이 § 가프
펴낸이 § 서경석

편집책임 § 한준만

펴낸곳 § 도서출판 청어람
등록번호 § 제387-1999-000006호
등록일자 § 1999. 5. 31
어람번호 § 제1-2204호

주소 § 경기도 부천시 원미구 부일로 483번길 40 서경B/D 3F (우) 420-822
전화 § 032-656-4452 팩스 § 032-656-4453
http://www.chungeoram.com
E-mail § chungeorambook@daum.net

ISBN 979-11-316-90369-4 04810
ISBN 979-11-316-90237-6 (세트)

가프 장편 소설

관상왕의 1번룸

FUSION FANTASTIC STORY

CONTENTS

제1장
끝장 관상 배틀, 네 눈을 걸어라

오후 두 시가 되었다.

아침 일찍 일어난 길모는 호텔 근처를 산책한 후에 관상책을 펼쳤다.

달마상법!

리훙룽은 중국의 귀족 명문 출신. 그런 그가 관상에 관심을 가지고 있다면 달마를 모를 리 없었다. 달마는 편인의 사주를 가진 사람. 편인은 집중. 그건 또한 스티브 잡스의 가치관과도 일맥상통하고 있었다.

집중, 또 집중!

'그렇다면 집중하는 수밖에!'

점심은 간단히 만두로 먹었다. 식사를 마치자 최 회장의 차가 도착했다. 어제는 고양이가 호랑이 행세를 하는 호랑이 굴에 갔었지만 오늘은 진짜 호랑이가 기다리는 굴로 갈 차례. 길모는 세탁실에서 올라온 승복을 다시 꺼내 입었다.

'오늘 하루는 달마가 되는 거다.'

길모는 거울에 비친 모습을 보며 속삭였다.

끼이익!

다시 리홍룽 저택의 문이 열렸다.

"……!"

길모는 잠시 움찔했다. 최 회장과 본부장, 이수경 등도 마찬가지였다. 분명 어제와 같은 집. 그런데 풍경이 달랐다. 정원에는 여자들이 몇 명 나와 길모네를 영접했다. 안내인도 어제와 달랐다. 그저 가만히 서 있는 것만으로도 중후한 기품이 엿보이는 게 아닌가?

"이쪽입니다!"

안내인이 별실을 가리키고서야 그 이유가 밝혀졌다. 그 문 앞에 서서 공손히 길모네를 기다리는 또 한 사람의 안내인. 어제 그 안내인이었다. 그러니까 어제는 죄다 격이 낮은 사람을 동원했다는 의미였다.

"최 회장님과 홍 대인, 그리고 통역자를 제외하고는 저기에서 휴식을 취해주십시오."

안내인이 본부장과 장호에게 말했다.

"이쪽으로!"

안내인은 긴 복도를 따라 걸었다. 그러자 정감 어린 후원이 나왔다.

"아!"

길모는 잠시 탄식을 토했다. 밖에서는 전혀 보이지 않던 곳. 그러나 연못에 고풍스러운 정자까지 갖춰진 후원은 흡사 무릉도원의 축소판처럼 보였다.

"여깁니다!"

리홍룽은 정자 위에 있었다. 세 개의 계단을 내려온 그는 최 회장에 이어 길모의 손을 잡았다. 산뜻하게 드러난 이마와 가지런한 시선, 날아갈 듯 살랑거리는 눈썹을 통해 엿보이는 오악은 확실히 어제의 가짜와 달랐다.

그가 조악한 모조품이라면 리홍룽은 흠잡을 데 없는 예술품인 것이다.

"제가 간간이 머리를 식힐 때 자주 나오는 곳입니다. 한국의 고서화에도 이와 비슷한 그림들이 많지요?"

상석에 앉은 리 서기가 최 회장에게 물었다.

"그렇습니다. 우리 조상님들도 정자의 멋을 한껏 즐기셨지요."

"어제는 다른 스케줄로 바빠서 다 묻지 못했는데 경극은 볼만했습니까?"

"그럼요. 다른 나라의 역사를 간직한 문화를 체험하는 건 늘 보람된 일이지요."

"나도 한국에 갔을 때 하회탈춤을 본 적이 있습니다. 좋더군요."

리홍룽이 화답했다.

"한국은 지금 소중한 옛것들이 많이 사라지고 있습니다. 중국은 전통을 오래 계승하는 나라가 되었으면 좋겠습니다."

"그보다 홍 대인!"

최 회장과 담소를 나누던 리홍룽의 시선이 길모에게 옮겨왔다.

"예!"

"어제는 정말 대단했어요. 내가 중국에서 난다 긴다 하는 관상가들을 좀 아는데 그 양반들도 쉽게 해낼 수 없는 일이었거든요."

"과찬이십니다."

"그런데 한국의 관상이라는 게 사실은 중국 상학을 가져간 거 아닌가요?"

"……?"

느닷없는 질문에 길모가 고개를 들었다. 중국에서 가져간 게 아니냐? 대화의 갈래가 어디로 튈지 모르지만 부담스러운 말이 아닐 수 없었다.

"하핫, 뭐 상악의 주체와 객체에 대해 말하려는 건 아니라오. 이미 세상은 천지개벽하였고 세계는 바야흐로 글로벌 아닙니까? 서로 베끼고 베껴 먹는 판에 새삼 원조를 따질 이유도 없고……."

"……."

"아무튼 그 뭣이냐 귤이 회수를 건너면 탱자가 된다던가요? 아니면 그 반대일 수도 있고……."

애매모호한 화법이 나오기 시작했다.

"그래서 말인데 한국의 상학은 뭐가 핵심인가요? 뭐 말이 어려우면 홍 대인의 상학관(相學觀)으로 대신하셔도 되고……."

화두를 던진 리홍룽이 찻잔을 집어 들었다. 그 찻잔 속에는 소리 없는 태풍이 일고 있었다. 여기는 중국 땅, 더구나 관상의 발원지. 그러니 리홍룽, 어쩌면 그 우월감을 즐기고 있는지도 몰랐다.

"리 서기님……."

길모는 가지런한 시선을 들며 뒷말을 이었다.

"하남성은 달마상법을 이룬 달마대사의 고장. 그래서인지 그 분이 꼽은 상학의 좋은 눈이 생각납니다."

· 눈빛은 수려하고 반듯하게 생긴 눈.
· 눈빛은 안정되고 밖으로 반짝이는 눈.
· 가늘면서도 긴 눈.
· 눈빛을 발산하면서도 안으로 거둘 수 있는 눈.
· 위와 아래로 흰자위가 많지 않은 눈.
· 한곳을 바라볼 때 눈빛이 벗어나지 않는 눈.
· 상황이 바뀌어도 동요하지 않는 눈.

"가장 경계할 눈은 눈빛이 흔들리는 눈, 예뻐 보이기만 하는 눈, 생각이 많아 보이는 눈……."

길모의 말에 이어 리홍룽이 장단을 맞춰왔다. 예상대로 그 역시 관상에 일가견을 가지고 있었다.

"리 서기님의 눈은 달마대사가 말한 일곱 가지 좋은 눈의 절반 이상을 가지고 있습니다."

"그래요?"

"이번에는 제 눈을 잠시 봐주시죠."

'눈?'

길모는 고개를 드는 리홍룽을 향해 시선을 맞춰주었다.

그의 눈은 고요했다. 놀라지 않는다? 그렇다면 길모의 안광을 알아차릴 정도의 초고수는 아니었다.

하지만 길모의 미간은 안도하기는커녕 오히려 좁혀졌다.

그의 눈은 달랐다.

좌 우 짝 짝!

의문을 잠시 접어둔 길모가 뒷말을 이어갔다.

"안상지족(眼相知足)!"

안상지족!

눈으로 보는 것으로 충분하다.

길모는 그 한마디로 자신의 상학을 대변했다.

"안상지족?"

리 서기가 되물었다.

"예!"

"단지 보는 것으로 충분하다?"

"더러는 관상을 입으로 배운 사람이 있으니 그를 경계한다는 의미입니다."

"입으로 관상을 배운 사람들이라?"

잠시 골똘하던 리홍룽이 다시 박장대소를 터트렸다.

"과연 그렇군. 달마대사도 그걸 꺼려 저서인 달마조사상결비전(達磨祖師相訣秘傳)을 간략하게 만들었음이라. 게다가 눈은 마음의 창이라 심상과도 연결되는 것이니 과연 탁월한 답입니다.”

리홍룽은 흔쾌한 표정을 지었다.

그사이에도 길모의 시선은 리홍룽의 눈에 꽂혀 있다. 볼수록 흥미로운 눈이 아닐 수 없었다. 눈에 숨은 사연을 짚어낸 길모는 빙그레 미소를 삼켰다.

안상지족!

그 단어에 어울리는 눈이 될 것 같았다.

“자, 그럼 한국 관상가의 솜씨를 보았으니 나도 흥미로운 분을 좀 소개할까 하는데…….”

리홍룽이 미묘한 음성으로 말했다.

‘마침내 카드를 꺼내는군.’

길모는 담담하게 날숨을 쉬었다.

“기대가 큽니다.”

최 회장은 가벼운 미소로 화답했다. 리홍룽이 손을 들자 저만치 서 있던 안내인이 전화를 걸었다. 그러자 담 너머에서 아기 울음소리가 들려왔다.

“응애응애!”

길모와 최 회장은 울음을 따라 고개를 돌렸다. 문이 열리더니 한 노인이 등장했다. 여든가량 되었을까? 그의 품에서 갓난아이가 울고 있었다.

‘관상가!’

길모는 한눈에 그의 정체를 알았다.

노인은 토끼상. 어깨가 보름달처럼 둥글고 곧은 귀에 기다란 눈. 게다가 목에 천귀가 들어 봉황의 목을 가졌으니 그나마 길할 상이라 중국 땅에 이름 세 자는 남길 만한 얼굴이었다.

"오서 오시오. 소 대인!"

리 서기는 자리에서 일어나 노인을 맞았다. 노인의 이름은 소천락. 리 서기가 융숭하게 대접하는 것으로 보아 허접한 관상쟁이는 아닌 모양이었다.

"이분이 한국에서 오신?"

소천락은 아기를 안은 채 길모를 바라보았다. 길모는 그를 향해 가벼운 묵례를 건넸다.

"오호, 벼락 득도를 한 상이라… 그런데 그 득도가 한쪽 눈에만 쌓였으니 이 무슨 괴이한 일인고?"

소천락, 대면하자마자 길모의 정체(?)를 짚어냈다.

벼락득도!

한쪽 눈!

단숨에 알아차린 그의 실력. 과연 관상 애호가로 불리는 리 서기의 마음을 흔들 만한 내공이었다.

"선생께서는 위태로운 운에 기대 여기까지 왔군요. 물에 빠졌으니 지푸라기라도 잡자는 심정이지만 그 지푸라기가 반쪽 눈을 가졌는지라 위태로움이 더해질 상이외다."

이번에는 최 회장을 향해 일침을 던지며 내공을 과시하는 소천락. 지푸라기는 길모. 그러니 길모를 앞세워 로비를 하러왔냐는 뜻이었다.

'초고수!'

단 몇 마디만으로도 길모의 피가 확 끓어올랐다.

그런데!

이건 또 무슨 일인가? 빙그레 웃던 소천락은 다짜고짜 길모에게 아기를 안겨줘 버렸다.

"……?"

아기는 겨우 탯줄이 아문 상태. 그러니까 겨우 백 일을 지난 생명이었다.

'테스트로군.'

길모는 리 서기와 소천락의 의도를 짐작했다. 그렇지 않고서야 느닷없이 아기를 안길 이유가 없었다.

"이 아기에게 무엇을 해드릴까요?"

길모가 먼저 선공을 가했다. 어차피 건너야 할 강이니 뜸 들일 필요가 없었다. 즐기는 수밖에.

"어이쿠, 젊은이라서 그런지 예의도 바르시군. 그러시면 그 아기에게 어미를 좀 찾아주시겠소?"

이수경의 통역을 들은 길모의 눈빛이 모아졌다. 예상대로였다.

"내 오는 길에 공안에게서 그 아기를 받았는데 아마도 어떤 사람이 데려다 기르려고 병원 영아실에서 몰래 들고 나온 모양이오. 그러다 보니 요 며칠 새 아기를 도둑맞은 여자들이 서로 자기 아기일 거라고 다퉈대고 있다지 않겠소. 그래서 마침 리 서기님의 집에 한국의 관상대가가 와 있다길래 옳거니 싶어 데리고 왔다오."

"후우!"

길모보다 먼저 최 회장이 한숨을 쉬었다. 어제는 화면 속의 친척, 오늘은 핏덩이의 엄마 찾기. 여우를 피하니 호랑이를 만난 꼴이었다.

“해보지요!”

길모는 담담하게 대답했다. 그사이에도 아기는 맹렬하게 울어댔다.

“응애응애!”

소천락은 바로 안내인에게 눈짓을 보냈다. 뒷문이 열리더니 30대의 여자 여덟 명이 들어왔다.

길모는 여자들을 바라보았다. 여덟 명 전부 몸에 해산기가 남아 있었다. 말하자면 그들은 전부 아기를 출산한 지 얼마 되지 않는 여자들이었다.

테스트 시나리오는 완벽했다.

“리 서기님!”

길모는 여자들에게 시선을 묶어놓은 채 입을 열었다.

“말씀하시오.”

“잠시 결례 좀 하겠습니다.”

그 말과 동시에 길모는 파쿠르의 점프 동작을 취하며 아기를 공중으로 던져 버렸다.

“……!”

수많은 눈동자가 아기를 따라 움직였다. 엄마로 나선 여자들은 일제히 비명을 질렀다. 딱 한 명만 예외였다. 길모는 꼭지점을 그리며 내려오는 아가를 사뿐히 받아들었다.

“홍 부장…….”

최 회장은 차마 사색이다. 길모가 느닷없기는 어제와 다르지 않았던 탓. 또 겪는 일이지만 이 경기(驚氣)는 면역도 되지 않을 일이었다.

길모는 아기를 안고서 여덟 여자 앞으로 다가섰다.

하나.

둘.

셋…….

여자들을 지나쳤다. 마지막으로 비명조차 없던 여덟 번째도, 길모는 지나쳐 버렸다. 결국 길모의 발이 멈춘 곳은 소천락 앞이었다. 길모는 소천락에게 아기를 돌려주었다.

"엄마는 아니지만 이 아기의 주인은 소 대인님이십니다!"

"……?"

짧은 침묵 뒤로 소천락의 미간이 맹렬하게 일그러지는 게 보였다.

"아하하핫!"

상황을 지켜보던 리홍룽이 다시 박장대소를 했다. 어리둥절한 건 최 회장과 이수경뿐이었다.

"어제 일이 우연은 아니었군요."

그제야 소천락이 고개를 끄덕였다. 길모의 판단대로 아기는 소천락의 증손자였다. 길모의 실력을 확인하고자 교묘하게 짜낸 머리였던 것이다.

"어찌 아신 게요?"

관상가는 관상가의 내공이 궁금한 것. 소천락은 그걸 참을 수 없는 눈치였다.

"안상지족, 이미 리 서기님께 말씀드렸습니다."

길모는 묵직한 눈빛으로 리홍룽을 바라보았다. 소천락은 그가 부리는 사람에 불과하니 슬쩍 건너 뛰어버리며 자극을 준 것이다.

"안상지족?"

"소 대인님 눈밑에 생겨난 검은 기색… 아가가 잘못될까 봐 걱정하기 때문이 아닙니까? 아까는 보이지 않던 흔적입니다."

"……?"

"저 여자들은 단지 놀라기만 했을 뿐 눈밑에 아무런 기색이 없습니다. 친어미라면 자기 아기를 던졌는데 아무렇지도 않을 수가 없지요. 더구나 아기를 진짜 잃어버린 거라면 명궁에 불이 붙고 눈썹이 들고 일어서야 하는 법. 그 또한 보이지 않으니 들러리가 아니겠습니까?"

"오!"

길모는 들었다. 소천락의 입에서 새어 나오는 한숨 소리. 그건 길모의 기선 제압이 먹혔다는 반증이었다.

잠깐의 정적과 함께 여자들과 아기가 퇴장했다.

"송구하지만……."

여자들이 나가자 길모가 입을 열었다.

"저는 리 서기님께서 관상가를 아끼신다기에 기꺼운 마음으로 뵈려고 왔습니다만 이리 흥미 본위의 테스트만 하시니 그만 돌아가는 게 좋을 것 같습니다."

본시 대물은 튕겨야 가치가 오르는 법. 다소 모험이긴 하지만 적절한 타이밍에 딜을 날렸다.

"홍 대인!"

딜은 먹혔다. 리홍룽이 정자에서 내려와 길모의 손을 잡았다.

"내 홍 대인이 달마대사의 현신일까 싶어 잠시 눈이 멀었습니다. 본시 기이한 능력자를 보면 확인하고 싶은 게 인간의 마음이니 해량해 주시기 바라오."

"저는 마음을 굳혔습니다만 저를 데려온 게 최 회장님이시니 저분의 뜻에 따르겠습니다."

길모는 결정권을 최 회장에게 넘겼다. 리홍룽 앞에서 최 회장을 띄워주는 것이다.

"최 회장님."

리홍룽이 최 회장을 바라보았다. 자리에서 일어난 최 회장 역시 길모를 잡아끌었다. 길모는 못 이기는 척 원래의 자리를 차지하고 앉았다. 순식간에 상황이 반전되고 있었다.

"이거 결례가 많았소이다. 한국에서 관상 대가가 왔다기에 그 신묘함을 확인하고 싶어 리 서기님께 제안한 것이니 화가 났다면 내게 푸시고 노여움을 내려놓기 바라오."

소천락 역시 리홍룽의 체면을 세워주었다.

"정말 대단하군요. 한국은 아무리 봐도 수수께끼의 나라란 말이지. 그 손바닥만 한 곳에서 인물이 나고 저력이 나고… 우리의 한 성만도 못한 나라인데 도도한 세계화의 흐름 속에서도 굳건한 걸 보면 종잡을 수가 없으니……."

리홍룽은 다시 애매한 말로 분위기를 추슬렀다.

"나라가 작으니 일작이무(一作二無)의 자세로 매진하기 때문입니다."

최 회장이 대화 끝을 물었다.

"오직 한 번이지 두 번은 없다?"

“그렇습니다. 저희 몽몽도 그런 각오로 중국에 들어왔습니다.”

“뜻은 알겠지만 사업가들 비전이야 다 비슷하지요. 미국의 글로벌 기업이나 한국이나 일본 기업이나 다를 바가 없어요.”

“저희 몽몽은 단지 사업을 하려는 게 아니라 친구가 되려는 겁니다.”

“친구?”

“서기님 말씀대로 사업 파트너야 널렸겠지만 친구는 드물지요. 저는 그런 심정으로 서기님을 찾아왔습니다. 유붕자원방래 불역락호(有朋自遠方來 不亦樂乎)라 하지 않습니까? 멀리서 친구가 찾아오니 이 또한 기쁘지 아니한가? 중국이 자랑하는 공자님 말씀입니다.”

“어이쿠, 공자님 말씀도 아십니까?”

리홍룽이 반색을 하며 물었다.

“그 문구는 한국 사람들이 좋아하는 글귀입니다. 예로부터 두 나라의 문화가 이렇듯 사이좋게 어우러져 왔으니 중국과 한국이 각별하다는 뜻이기도 하지요.”

“흐음, 뭐 그렇다고 할 수도…….”

리홍룽은 말끝을 얼버무렸다.

“홍 부장!”

최 회장이 길모를 바라보았다.

“예!”

“이 자리에서 가감 없이 말해주시게나. 내가 리 서기님과 관상학적으로 잘 어울리나?”

길모, 이번에는 뜸을 들였다. 척 보면 알 수 있을 일이지만 바로 대답할 분위기가 아니었다. 가끔은 뜸이 필요하다. 지금이 바로 그 순간이었다.

"상호구원!"

모았던 시선을 거둔 후에 길모가 한 말은 한마디였다.

"서로를 구한다?"

리홍룽이 고개를 들었다.

"예!"

"내가 최 회장 손을 들어주면 몽몽에 도움이 될 것은 자명하지만 그게 나에게 어떤 도움이 된다는 말인가?"

실리!

길모는 그 말을 떠올렸다. 한국이라면 몽몽을 유치한 게 치적이 되고 하남성 실업률을 낮추고 지역 경제를 개발하고 등등으로 포장할 수 있었다. 그 허접한 MOU 하나만 써서 악수를 나눠도 뉴스가 되는 나라가 아닌가?

하지만 그는 하남성의 당 서기. 나아가 태자당 출신으로 중국 지도자 25인방에 들길 갈구하는 사람.

길모는 꿀꺽 마른침을 넘겼다. 이제는 정공법으로 나갈 차례였다.

길모, 잠시 소천락을 바라보다가 거침없는 일성을 토해냈다.

"리 서기님의 한쪽 눈을 뜨게 해드리지요."

단 한마디.

리홍룽과 소천락의 눈이 휘둥그레지는 게 보였다.

길모는 알고 있었다.

눈!

리 서기의 눈은 길모를 닮았다. 이식을 받는 눈이었다. 그러나 길모의 말은 중의법. 그 한편으로 리홍룽의 눈 역할을 하는 소천락을 포함하고 있었다. 중국 지도자들이 좋아하는 난득호도. 그 화법을 슬쩍 빌려온 것이다.

리홍룽은 알아들었을까? 소천락은?

길모, 결국 루비콘 강에 뛰어들고 말았다.

"내 눈을 뜨게 한다? 무슨 뜻이신가?"

리 서기가 짐짓 물었다. 경계심과 더불어 난폭한 살광이 터져 나왔다.

"천하대세!"

길모는 또 한마디로 대답했다.

천하대세!

이는 깊은 의미를 담은 말이었다.

분구필합(分久必合) 합구필분(合久必分)!

삼국지 첫 장에 나오는 문구로 나눠진 지 오래되면 합쳐지고 합쳐진 지 오래되면 나눠진다는 뜻. 중국인들은 이걸 일러 천하대세라고 불렀다.

"홍 대인!"

리 서기는 묵직한 말로 길모를 윽박질렀다.

"지록위마(指鹿爲馬)하니 등하불명(燈下不明)이라!"

길모는 선문답을 이어갔다. 그사이에 최 회장은 이마에 선뜻 맺힌 땀을 닦아냈다. 닦아도 닦아도 흘러내리는 식은땀.

아마 그의 생애에서 가장 많은 땀을 쏟는 자리인 것 같았다.

"소 대인을 가리킴인가?"

진중한 생각 끝에 리 서기가 물었다.

"눈은 둘이니 절반은 맞았습니다."

"절반이라도 설명해 보시게."

리홍룽이 말이 떨어지자 길모는 회심의 미소를 지었다. 길모의 입으로는 꺼내기 어려운 화두. 다행히 리홍룽이 직접 소천락에게 화살을 겨눠준 셈이었다.

"소 대인의 상학은 출중하나 그 도력의 기세가 꺾이어 경험으로 관상을 보고 있습니다. 따라서 한때는 사슴을 사슴으로 보았으되 지금은 사슴을 말로 보고 있으니 어찌 누군가의 바른 눈이 되겠습니까?"

소 대인을 향한 길모의 정면 폭격이 시작되었다.

이 또한 길모의 전략이었다. 소천락은 리홍룽이 신뢰하는 관상가. 그를 꺾지 못한다면 리홍룽의 마음을 살 수 없다고 판단한 것이다.

"어허허헛!"

길모의 말을 들은 소천락이 너털웃음을 웃었다. 그는 한참 후에야 웃음을 숭덩 잘라내더니 날선 눈으로 반격을 가해왔다.

"이보시게, 홍 대인. 그대의 재주는 제법 비상하다만 무슨 근거로 내 상법을 폄훼하는 것인가? 그대는 내 상학을 본 적도 들은 적도 없을 터인즉."

"당연히 근거가 있지요."

"근거가 있다?"

"예!"

"증명할 수 있겠나?"

소천락의 말 속에서 화살이 날아왔다. 길모를 꿰뚫고자 하는 벼린 화살이었다.

"물론입니다."

"내 이래 봬도 중국 전체를 통틀어 관상군자 3인방에 꼽히는 사람으로 이런 모욕은 당한 적이 없으니 반드시 증명을 해야 할 걸세."

"그러지요."

"그리고 리 서기님."

소천락은 리홍룽을 바라보며 말을 이었다.

"제가 보건대 홍 대인이 한 눈으로 이룬 도라 그 결이 반듯하지 못한 것 같으니 나라는 다르나 관상을 앞서 배운 입장으로 바른 인도가 필요합니다. 허언을 지껄였다면 서기님과 저를 함께 기만한 죄로 징벌을 내려야 할 것으로 봅니다."

"계속하시오."

"그가 틀리다면 이것을 섞은 벌주를 내릴 것을 청합니다."

소천락이 품에서 작은 헝겊 주머니 하나를 내놓았다.

"이건?"

"시력을 멀게 하는 독버섯 가루입니다. 제가 입으로 관상을 득도한 못된 제자들에게 내리는 벌의 하나입니다."

리홍룽은 대답을 대신해 길모를 바라보았다.

눈을 멀게 하는 독버섯 가루?

한순간 싸아한 침묵이 흘러갔다.

“리 서기님, 관상을 즐기자는 자리에서 이건 좀…….”

끼어드는 최 회장의 목소리에서 초조함이 묻어났다.

“저는 괜찮습니다.”

길모는 최 회장을 달랬다.

큰 판을 먹으려면 큰 배팅이 필요한 법이었다.

“그럼… 제가 증명하면 소 대인님도 이 벌주를 드시는 겁니까?”

이번에는 길모가 역공에 나섰다.

“…….”

“아니라면 불공평하지 않습니까?”

“그렇게 해드리지.”

소천락이 응수하자 길모는, 주머니의 가루를 큰 술잔에 쏟아부었다.

“그 정도면 충분…….”

절반쯤 부었을 때 소천락이 말했지만 귀 담아 듣지 않았다. 결국 주머니를 탈탈 털어버리는 길모. 여유만만하던 소천락의 눈빛이 우지끈 구겨지는 게 보였다.

운명!

길모는 생각했다.

어쩌면 파타야의 바다에 가라앉았을 생명. 그때도 길모는 다 비웠다가 채워나갔다. 카날리아의 삶도 그랬다. 끝 간 데 없이 추락한 진상처리 담당 웨이터. 그러나 지금은 채워지는 중.

‘그러니 이 자리도…….’

독버섯 가루와 함께 티끌만 한 두려움까지도 잔에 부어버린 셈이었다.

"젊은 친구가 허세가 심한 편이군. 지금이라도 지나쳤음을 인정하면 벌주만은 면하게 해줄 테니 진중하게나."

소천락이 길모를 바라보았다.

"미안하지만 복배지수(覆杯之水)입니다!"

복배지수. 말 그대로 이미 엎질러진 물이었다.

"정 그러시다면!"

소천락, 느긋하게 팔짱을 끼었다. 이제 증명하라는 신호였다. 신호를 받은 길모가 이수경에게 손을 내밀었다. 그녀에게 맡겨둔 게 있었던 것.

"여기 있어요."

수경은 사진 한 뭉치를 건네주었다. 받아든 길모는 사진을 테이블 위에 펼쳤다.

"……?"

리홍룽과 소천락이 사이좋게 놀라는 게 보였다. 사진은 바로 중국 공산당의 25인 상무위원들. 그러니까 중국을 대표하는 25인의 용안이었다.

"……!"

리홍룽의 시선이 길모에게 꽂혀왔다. 길모는 태연하게 그중 두 개의 사진을 집어 들었다. 한 사람은 태자당 출신의 상무위원이었고 또 한 사람은 공청단 출신의 상무위원이었다.

두 사진!

길모는 무엇을 말하고 싶은 건가?

"리 서기님!"

말없이 사진을 쏘아보던 길모가 마침내 운을 떼었다.

"일생 세 번의 대변혁을 겪으셨습니다."

길모의 목소리는 이제 방문객의 그것이 아니었다. 수려하면서도 낭랑한, 그러나 거침없이 귀를 파고드는 힘이 팽팽하게 실려 있었다.

"유년운기 부위를 짚어보니… 오른 이마 보골자리에 빛이 영롱하니 그 처음은 열일곱이라, 역시 우측 태음 아래에 빛이 남아 있으니 마흔셋, 마지막 세 번째는 코 준두 아래에 검푸른 사색이 가시지 않았으니 마흔여덟이라……."

"……?"

리홍룽과 소천락, 숨소리가 잦아들기 시작했다.

"첫 번째, 두 번째 변혁기에는 소 대인의 상법이 먹혀 기사회생했을 겁니다. 첫 번째는 육친… 즉 아버지를 위해하는 강수였군요."

"……!"

리홍룽의 이마가 선뜻 시려지는 게 보였다. 그건 소천락도 다르지 않았다. 그래도 길모, 한 치의 동요도 없이 거침없이 관상을 전개해 나갔다.

"두 번째는 각설합니다. 핵심은 바로 세 번째니까요."

길모는 주의를 환기시키기 위해 물 잔을 들었다. 어찌나 조용한지 물 마시는 소리가 정자에 메아리를 이룰 정도였다.

"세 번째, 그러니까 약 8년 전, 서기님은 천하대세를 망각했습니다."

"합한 지 오래되면 나뉘어라?"

리홍룽이 화답해 왔다.

"맞습니다. 고인 물은 썩으니 이 25인 황룡의 왕궁에 입성하시려면… 제구포신(除舊布新), 새 술은 새 부대에 담았어야죠."

길모는 빙그레 미소를 머금었다.

"무슨 궤변인고? 구관이 명관이라는 말은 괜히 있단 말인가?"

소천락이 이의를 제기했다.

"맞는 말씀입니다만 그 구관이 치명적인 실수를 저질렀지 않습니까?"

길모는 소천락의 말을 일축하며 말을 이었다.

"이 두 사람……."

두 사진을 짚은 길모의 시선이 소천락에게 향했다. 그건 차마 강철조차 꿰뚫을 듯한 눈빛이었다.

"누가 말이고 누가 사슴입니까?"

길모가 낭랑하게 물었다. 다그치지만 부드럽고, 내쏘지만 따갑지 않았다.

"그, 그건……."

"소 대인께서 말이라고 추천한 사람은 이 사람일 겁니다."

길모가 한 사진을 집어 들었다. 태자당 출신 상무위원이었다.

"……?"

"그때 서기님의 마음은 편치 않았을 겁니다. 서기님은 이 사람을 염두에 두고 있었을 테니까요."

이번에는 공청단 출신 상무위원의 사진을 집어 드는 길모.

"저는 사실, 한국에서도 정치에는 큰 관심이 없습니다. 하지만 작심한다면, 누가 봉황감이고 누가 공작감인지 정도는 알 수 있지요. 보건대, 소 대인께서 구관이 명관이라고 고집하고 싶다면 리 서기님을 이 사람과 연결했어야 했습니다. 그랬다면 오늘 백척간두의 운명을 맞지는 않았을 일. 그런데, 중국 관상군자 3인방에 든다는 대인의 천기가 다하여 상을 제대로 매칭시키지 못한 것이지요. 이 사람과 리 서기님의 상은……."

길모는 소천락을 쏘아보며 뒷말을 이었다.

"극과 극입니다!"

"말도 안 되는!"

듣고 있던 소천락이 인상을 찡그렸다.

"서기님, 이 친구가 보아하니 우리 양 서기님께서 당 기율위원회의 사소한 기율 위반에 걸린 정보를 듣고 침소봉대하며 호도하는 모양인데 더 들을 것 없습니다. 그건 형식적인 문책 과정에 불과하니 이 요망한 젊은 친구에게 벌주를 허락하십시오."

"미안하지만 그런 정보는 들은 적이 없습니다."

길모가 대답했다. 사실이었다. 중국의 당기율위원회가 뭘 하든 길모가 무슨 관심이란 말인가? 하지만 의심의 칼을 품은 소천락은 그걸 인정하지 않았다.

"닥쳐라. 한국의 첨단 과학 기술과 정보망이라면 중앙당의 정보를 알 수도 있을 터. 감히 누구 앞에서 정보를 상법인 양 떠벌일 셈이냐?"

"그런 과정은 모르지만 그 결과는 알 것 같습니다."

결과를 알아?

소천락과 함께 리홍룽의 눈동자가 휘둥그레졌다.

“리 서기님의 명궁에 그늘이 지기 시작했습니다. 이 사람의 관운은 다했으니… 더 늦기 전에 이 사람 편에 서시길 바랍니다.”

길모는 태자당 위원을 내려놓고 공청단 위원 사진을 집어 들었다.

“허어, 말이라고 함부로… 서기님의 명궁 어디에 그늘이 졌단 말이냐? 게다가 그 사람은 우리 서기님과 대립하는 반대파라는 걸 알기라도 하는 것이냐?”

당장 소천락의 불호령이 뒤따랐다.

“그늘은 두 가지입니다. 겉으로 드러나는 것과 안으로 숨어 있는 것. 저는 당연히 후자를 말하고 있습니다만.”

“그렇다면 그대가 천기까지 읽을 수 있단 말인가?”

“소 대인님, 이 한 달 사이에 두 번의 칼을 맞으셨지요? 한 번은 눈에, 또 한 번은 엉덩이에 맞으셨군요. 그 정도 아는 걸 천기라고 할 수는 없는 거 아닐까요?”

“……?”

길모가 넌지시 패를 보여주자 소천락의 눈이 꿈틀거렸다. 귀신같은 눈이었다. 소천락, 실제로 녹내장 수술을 하고 치질로 병원에 갔었던 것.

길모는 빙그레 미소를 머금은 채 다음 말을 이어갔다.

“정치가의 목적은 패권 아닙니까? 그건 중국에서도 다르지 않을 걸로 압니다만…….”

“이놈!”

코너에 몰린 소천락의 입에서 쌍소리가 튀어나왔다.

"서기님 법령 끝에 겨우 매달린 맑은 기색… 상무위원이 되길 원한다면 성냥불을 지피듯 그걸 살리십시오. 아시겠지만, 이번이 마지막 기회입니다!"

리홍룽!

그는 번민하고 있었다. 오랫동안 그의 눈과 방향이 되어왔던 고문 관상가 소천락. 무려 중국 관상군자 3인방에 꼽히는 인물. 그러나 길모는 그 막강한 대가의 빈틈을 파고들었다. 지금까지 한 말이 모두 맞았던 것이다.

그러나!

쉽게 결정을 내릴 일이 아니었다.

독버섯 가루를 탄 술 때문이 아니었다.

실제로 지금, 길모가 손에 든 사진의 두 사람은 당 기율위원회에 회부되어 있었다. 당 주석이 추진하는 대개혁 때문이었다. 다만 태자당 위원이 정황상 유리했다.

우선 당 주석부터 태자당 출신. 그러니 공청단 위원과 나란히 기율위에 회부한 건 모양 갖추기에 불과했다. 상대파의 반발을 없애기 위해 슬쩍 끼워 넣은 것.

지금까지 파악된 정황도 그렇게 보였다. 리홍룽의 선이 닿는 정보망들도 똑같이 확인해 주었다. 그러니 여기서 판단을 그르치면 중앙정치국 위원 명단에 올려둔 이름마저 날아갈 판이었다. 그렇게 되면 상무위원의 꿈은 일장춘몽이 되는 것.

"후우!"

리홍룽은 소리 없는 한숨을 밀어냈다. 한국에서 온 이 젊은 관상가. 그냥 무시하기에는 소천락과 레벨이 달랐다. 그렇다고 덥석 물기에는 위험부담이 너무 컸으니…….

"사실……."

리홍룽이 결정을 망설이자 길모가 마지막 카드를 꺼내 들었다.

"저는 리 서기님이 정치적 야망을 이루든 말든 큰 관심은 없었습니다. 따라서 관상 재주 몇 개를 보이고 돌아가면 그만이었습니다만……."

길모의 말에 리홍룽이 고개를 들었다.

"눈을 보니 마음이 동해 성심껏 충언을 드렸으나 망설이시니 안타까울 뿐입니다."

"눈이라고?"

눈!

길모가 아껴둔 카드에 리홍룽이 반응해 왔다.

"아까 말했지 않습니까? 서기님의 한쪽 눈을 뜨게 해드리고 싶다고. 그 하나는 소 대인이었으나 남은 하나는 서기님의 눈입니다."

"……."

"기왕 여기까지 달려온 것이니, 남은 것마저 말씀드리겠습니다."

길모는 리홍룽의 눈을 바라보며 말꼬리를 이었다.

"열일곱… 그때부터 서기님은 두 사람의 눈으로 사셨지요?"

"……?"

질문 한마디에 경악하는 리홍룽.

길모는 리홍룽의 눈이 안구 이식을 한 것이라고까지는 말하지 않았다. 이 또한 난득호도, 중국 지도층의 화법을 빌려왔다.

"두 눈의 차이가 서기님에게 두 모습을 갖게 하였습니다. 때로는 유리하기도 했겠지만 오랜 시간 두 눈으로 바라본 주변이 서기님의 정체성에 부정적 영향을 끼치게 했습니다."

"이 친구가!"

듣고 있던 소천락이 인상을 긁었다.

"그냥 둬보세요."

리홍룽이 나서서 소천락을 제지했다. 소천락은 늙은 주름살을 한없이 구겼지만 별수 없이 입을 다물고 말았다.

"이제는 그 눈의 방향을 한곳으로 모으십시오. 열일곱, 부친을 발판 삼아 살아남은 그때 그 변신의 결단이 지금 필요합니다."

"……!"

"남은 시간은 한 시간도 되지 않습니다."

"……."

"그 후에는 결정을 해도 늦습니다."

"……."

"……."

길모!

리홍룽!

소천락!

세 사람의 눈동자가 허공에서 맹렬하게 충돌했다. 여전히 숨소리도 들리지 않는 상황. 길모는 물잔을 들어 천천히 입을 적셨다.

그 순간, 리홍룽이 자리를 박차고 일어났다.

리홍룽은 안내인의 안내를 받으며 본관으로 향했다. 숨도 제대로 쉬지 못하는 최 회장, 길모를 바라보지만 길모는 입에 문 물을 넘길 뿐이었다.

길모는 잔잔하게 웃었다.

반면 소천락의 뭉개진 얼굴은 펴지지 않았다.

'이놈!'

그의 늙은 눈은 소리 없이 치를 떨지만 길모는 물맛을 음미했다. 중국 물맛은… 애매모호했다.

채칵채칵!

박빙의 시간들이 흘러가고 있었다. 누구도 숨을 크게 쉬지 않았다. 숨을 크게 쉬면 바닥이 무너질 것 같은 위태로움. 그런 순간이 이어지고 있는 것이다.

저벅!

얼마나 지났을까? 길모는 귀전을 열고 들어오는 발소리를 들었다. 통역자들이 먼저 시선을 돌렸다. 리홍룽이 돌아오고 있었다.

'내가 이겼다!'

길모는 확신했다. 리홍룽의 얼굴에 서린 어두운 기색이 사라지고 있다. 그가 액운이 빠져나갈 물꼬를 트고 왔다는 증거였다.

"리 서기님……."

소천락은 리홍룽에게서 시선을 떼지 않았다. 리홍룽은 이렇다 말도 없이 자기 자리에 앉았다. 그런 다음 식은 찻잔을 들고 깊은 숨을 들이마셨다.

'10분!'

길모는 그의 얼굴에 흐르는 운명의 시간을 읽었다. 이제 남은 건 10분이었다. 그사이에 리훙룽은 두 잔의 차를 더 비워냈다.

"리 서기님……."

중간에 다시 한 번 채근하는 소천락.

"지금은 기다릴 수밖에요."

리훙룽이 짧게 대답했다. 지향을 놓아버린 그의 시선은 완전히 중립으로 돌아가 있었다.

그리고.

마침내 10분이 지났을 때 서기 옆에 놓인 핸드폰이 울었다.

"웨이!"

리훙룽은 굳은 표정으로 전화를 받았다. 그리고 단 한마디를 남기고 전화를 끊었다.

"리 서기님……."

다시 리훙룽을 바라보는 소천락.

순간, 리훙룽이 독버섯 가루가 든 술잔을 집어 들었다. 좌중이 일제히 긴장했다. 특히 최 회장과 이수경이 그랬다. 길모에게 주어진다면 피할 길이 없었다. 여긴 리 서기의 홈그라운드가 아닌가?

좌중을 둘러본 리훙룽은 잔의 방향을 서서히 소천락 쪽으로 바꾸었다.

'후우!'

최 회장의 입에서 긴 한숨이 새어 나왔다.

"이 잔은 소 대인께서 받아야 할 듯합니다!"

"……?"

소천락, 그의 눈자위가 구겨지는 게 보였다.

"베이징에서 온 전화입니다. 사슴이 사슴이 아닌 것으로 밝혀졌답니다."

"그, 그럼?"

"나 또한 믿는 도끼에 발등을 찍힌 셈……."

리홍룽은 길모를 바라보며 말꼬리를 붙였다.

"홍 대인이 아니었다면 내가 이 술잔을 마셔야 할 정도의 엄청난 좌절이 운 좋게 스쳐 갔습니다."

"……!"

그 한마디로 답이 나왔다.

베이징!

당 기율위원회는 길모가 원하는 결과를 내놓았다. 태자당 출신의 상무위원에게 개혁의 칼날을 휘두른 것이다. 가벼운 징계를 주려는 형식적인 절차가 아니었다.

기율위원회는 그의 비리를 뿌리째 파헤쳤다. 그가 한 성(省)의 당 서기 시절, 상무위원 진출을 위해 마련한 정치자금의 민낯을 까버린 것이다.

치명적인 것은 중국의 조직폭력배들인 흑파 사건이었다. 정치자금을 거부하는 기업가들을 흑파에 연관시켜 고문하고 재산을 챙겼던 것.

"티얀 아!"

맙소사!

소천락의 늙은 입에서 탄식이 새어 나왔다. 그 또한 바보가 아니었으니 리홍룽의 말뜻을 직감했다. 그가 조언하던 바의 반대 결과였다.

태자당 상무위원이 몰락하고 공청단 상무위원은 면죄부를 받았다.

그건 곧 태자당의 실세들이 공청단에게 화해의 손을 내밀었다는 의미. 그렇다면 끼워 넣기 희생물로 삼았던 공청단 출신 상무위원에게 그만한 보상과 위로가 갈 것은 자명한 일.

"우!"

생각이 거기까지 닿자 소천락은 휘청 무너지고 말았다.

"고맙소이다. 홍 대인!"

절체절명의 정치 위기 앞에서 기사회생한 리홍룽이 길모에게 감사를 전해왔다. 길모는 다만 묵례로 인사를 받았다.

"홍 대인!"

까칠하던 소천락, 주저앉은 눈빛으로 담담하게 길모를 바라보았다.

"……."

"진심으로 당신을 인정하오!"

"……."

"내 중국 관상대표자의 일인으로서 두말을 할 수 없으니 이 술은 기꺼이 받아주겠소."

그 말과 동시에 최 회장이 길모를 바라보았다. 길모는 못 들은 척 시미치를 잡아뗐다.

"달마대사의 후예로 한평생 살아온 이 삶… 늘그막에 달마대사에 버금가는 관상대가를 만났으니 기쁘기 그지없으나 애석하게도 그가 한국인이로구나."

"……."

"이는 꿈에도 생각지 못한 일이거늘……."

소천락이 술잔을 입으로 가져갔다. 그가 막 한 모금을 물려할 때였다. 허공을 가른 길모의 손이 술잔을 잡았다.

"……?"

길모는 술잔을 정자 아래로 던져 버렸다.

"소 대인의 눈빛은 이미 총기를 잃어 관상 보는 눈은 끝났음이니 굳이 사물을 보는 눈까지 버릴 필요는 없습니다."

길모가 말했다.

"홍 대인!"

"저랑 약속한 건 관상 보는 눈이지 사물 보는 눈은 아니지 않습니까? 아마 제가 증명하지 못했더라도 대인께서 이리 했을 듯합니다만."

"……?"

"제 말이 틀렸습니까? 리 서기님!"

길모는 묵직한 시선에 더한 음성으로 리홍룽의 동의를 구했다.

짝! 짝! 짝!

다시 리홍룽의 간결한 박수 세 번이 이어졌다.

"홍 대인이야말로 진정 달마대사의 현신이구려. 말마다 지혜롭고 관상마다 신묘하니 어찌 탄복치 않으리오?"

"달마상법의 고장 하남성에 오니 부족한 제 재기에 잠시 달마대사의 혼이 내렸나 봅니다. 리 서기님과 우리 최 회장의 친교를 위해서 말입니다."

길모는 겸손하게 응수했다.

"하긴, 최 회장께서 내게 친구가 되자고 했었지요?"

"예. 서기님."

최 회장이 답했다. 그의 얼굴에도 어느새 화색이 가득해 보였다.

"몽몽의 현지공장 문제는 성장(省長)께서 경우에 맞게 처리하실 겁니다."

리홍룽의 말과 함께 길모의 비즈니스는 끝났다.

물론 리홍룽은 확답을 주지 않았다. 하지만 걱정하지 않았다. 그들은 중차대한 일에 1+1=2의 화법을 즐기지 않으니 애매모호한 말이 오히려 긍정적이었던 것이다.

리홍룽은 길모에게 기념품을 안겨주었다. 금으로 그린 달마대사도와 달마상법의 고서적이었다.

"내 이곳의 일이 정리되면 한국에 한 번 갈 것이니 그때 기회를 엿보리다."

마지막 말도 애매모호했다. 하지만 길모의 손을 잡은 리홍룽은 손에는 따스함이 배어 있었다.

[형!]

별관에 들어서자 장호가 벌떡 일어섰다. 길모는 내내 마음을 졸였을 장호를 향해 손가락으로 동그라미를 만들어 보였다. 잘

됐다는 뜻이었다.

[어휴, 나는 오래 걸리길래 뭔가 잘못된 줄 알고…….]

"혜수네한테도 연락해라. 임무 완수라고."

[그렇잖아도 혜수 누나한테 네 번이나 문자 왔었어요.]

"놀러온 애들이 놀기나 하지 웬 신경이래?"

[형 같으면 이런 판에 놀 마음이 들겠어요?]

"짜식!"

길모는 애를 태운 장호의 머리카락을 비벼주었다.

"홍 부장님, 대단합니다. 진짜 수고했습니다."

본부장도 엄지를 세워주었다.

"이번 일이 성공하면 그건 오롯이 홍 부장 덕분이라네. 그렇게 아시게."

최 회장은 길모의 활약을 상기시켜 주었다.

"신경 많이 쓰셨을 텐데 어디 가서 편안하게 한잔하시죠?"

본부장이 최 회장을 바라보았다.

"그러세. 오늘은 진이 다 빠져서 시원한 맥주라도 한 잔 마셔야겠구먼. 우리 홍 부장도 같이 가세나."

"그러죠."

길모는 최 회장의 제안에 응했다.

"타세나."

기분이 좋아진 최 회장. 길모에게 자기 옆자리를 권했다.

부우웅!

두 대의 세단이 리홍룽의 저택을 뒤로 하고 출발했다. 길모는 가만히 돌아보았다.

가짜 리홍룽!

갓난 아기!

독이 든 술잔!

세 가지 일은 다시 생각해도 심장이 쫄깃해져 왔다.

'후우!'

안도의 숨이 이어졌다. 자칫했으면 시각장애인이 되어 구급차에 실려 가고 있을 판이었다.

"응? 저 사람?"

그때였다. 상석의 최 회장이 앞을 가리켰다.

"……?"

길모도 놀라지 않을 수 없었다. 길을 막고 선 사람은 소천락이었다.

"홍 부장에게 볼일이 있는 모양인데?"

최 회장이 말했다. 아무래도 그런 것 같아 길모가 차에서 내렸다. 그러자 뒤차에 타고 있던 장호와 함께 통역 이수경까지 내렸다.

"소 대인님!"

"가시는가?"

"예……."

"한 가지 궁금한 게 있어서 또 결례를 끼치게 되었다네."

"궁금한 게 있으시답니다."

수경이 통역을 시작했다.

'궁금한 거?'

"관상 종주국의 관상군자로 불리던 내가 신묘한 득도를 이룬 사람을 몰라보고 젊은 치기로 생각해 관상의 도를 어겼으니, 그 죄 치욕스럽기 짝이 없지만 그래도 관상을 업으로 살던 인간이라……."

소천락은 잠시 쉬었다가 말을 이어나갔다.

"홍 부장의 관상 계보가 궁금해서 견딜 수가 없다네. 차라리 아까 그 독주를 마실지언정 이 궁금증을 풀어주시고 가면 안 될까?"

"저를 가르친 사람은 달마대사의 직계 제자에 속합니다."

"가련한 늙은이라 눙치지 말고 말씀해 주시게나."

"진심입니다. 제 스승은 바로 이곳 하남성 숭산 소실봉의 토굴에서 달마대사의 제자 혼을 만나 그에게 관상의 도를 깨우쳤고, 그걸 제게 전해주었습니다."

"……?"

"이는 한 치의 거짓도 없음이니 믿지 않으신대도 더 할 말은 없습니다."

"숭산 소실봉의 동굴?"

"예……."

"맙소사, 나 또한 소실봉의 동굴에서 관상을 갈고 닦았거늘……."

"……?"

수경의 통역을 듣자, 이번에는 길모의 눈이 휘둥그레졌다.

"그럼 혹시 홍 부장이… 내가 전해들은 그 청년?"

"……?"

"내 그 근처의 지인들에게 듣기를, 한국에서 온 젊은 관상학

도가 숭산의 동굴에서 관상의 도를 깨우치고 갔다는 말을 들었는데… 그게 바로?"

"……!"

윤호영!

그게 바로 윤호영이었다.

"제가 아니고 제 쌍둥이 형입니다. 득도한 후에 몸이 쇠약해져 천명을 다하면서 제게 관상의 도를 전해주고……."

"허어, 저런, 기인 위의 광인이 천기를 감당치 못해 하늘의 부름을 받았구나."

"혹시 소 대인께서는 그 동굴을 아시는지요?"

"알다마다. 나 또한 달마대사의 면벽의 도를 엿볼까 싶어 과거에 수차례나 다녀온 곳이거늘."

"그럼 죄송하지만 제게 좀 알려주실 수 있겠습니까? 그렇잖아도 꼭 한 번 찾아보고 싶은 곳이었는데……."

"허엇, 그렇잖아도 뭐 신세를 갚을 길이 없나 궁리하던 참인데 길잡이라도 될 수 있다면 노구의 영광이라오."

"영광이라십니다."

수경의 입을 바라보던 길모. 확답이 떨어지자 활짝 핀 모란처럼 표정이 밝아졌다.

"그럼 내일 좀 부탁드립니다. 꼭이요!"

"밤잠을 자지 않고 아침이 오기를 기다리겠네."

소천락은 기꺼운 표정을 지었다.

홀가분하게 한잔했다.

최 회장도 달렸다. 결과는 아직 나오지 않았지만 최선은 다한 것이다. 나머지는 하늘의 몫.

그날 밤, 길모는 혜수네와 만나 실컷 놀고 마셨다. 비용은 이수경이 모두 충당했다. 최 회장의 지시를 받고 남은 그녀가 가이드와 더불어 현금인출기 역할까지 맡아준 것이다.

호텔 나이트클럽도 길모네 것이었다.

특히 홍연!

그녀의 춤은 중국 나이트클럽의 죽순이들을 평정하고도 남았다. 섹시미에 더해진 관능미는 누구의 범접도 허락하지 않았다. 처음에는 멋모르는 중국 죽순이 하나가 도전장을 던졌다. 그녀의 곁에서 댄스 배틀을 벌인 것이다.

처음에는 분위기에 몸을 맡기던 홍연.

"홍연아, 여기 수컷들 좀 녹여줘."

유나가 소리치자 그게 신호가 되었다.

"와싸이!"

"와싸— 이!"

여기저기서 중국어 감탄사가 터져 나왔다. 몸짓 몇 번에 클럽의 분위기는 홍연의 것이 되고 말았다. 그녀는 유연하고, 우아하고, 세련되고, 섹시했다.

몸으로 쓰는 음악이 거기 있었다. 홍연의 웨이브가 더해지자 손님들이 일제히 손뼉 박자를 맞추기 시작했다.

"컴온!"

홍에 겨운 홍연이 뇌쇄적인 표정으로 길모를 불러 올렸다.

"나? 나?"

길모는 당황했지만 몸은 이미 무대에 올라선 후였다. 혜수와 승아, 유나가 합심해서 등을 밀어버린 것이다.

"와, 와, 와!"

중국인과 서양인 관광객들은 광기 서린 환호를 보내왔다.

'에라! 모르겠다.'

관상왕 길모, 오늘 하루는 망가져도 좋았다. 길모는 홍연의 리드에 따라 막춤의 향연을 벌였다. 그사이로 혜수와 유나가 뛰어들었다. 승아도 지지 않았고 장호도 통역자이자 오늘의 물주 이수경을 끌고 나왔다.

하남성의 밤.

그건 명백히 길모의 것이었다.

*　　　*　　　*

다음 날 관광코스는 당연히 소림사였다.

"아, 이거 떡본 김에 제사 지낸다고 소림사 온 김에 출가해 버릴까?"

미니버스 안에서 홍연이 너스레를 떨었다. 버스는 이수경이 준비해 왔다. 길모네 팀이 함께 출동하겠다고 하자 회사에서 편리를 도모해 준 것이다.

"홍연아, 너 아직 마이낑 다 못 깠다. 출가하려면 다 까고 가라."

소천락과 나란히 앉은 길모가 딴죽을 걸었다. 말하고 보니 어감이 좀 이상하긴 했다.

"부장님, 득도를 위해 출가하는 건데 마이낑이 문제예요?"

"그건 네 문제고!"

"쳇, 중국 관상대가하고 맞짱떠서도 이겼다면서 쪼잔하시기는……."

홍연이 투덜대자 장호가 바로 수화를 날려왔다.

[형 옆에 앉은 분이 바로 그 관상대가야.]

"……!"

장호의 수화를 본 홍연은 자기 입을 막아버렸다. 그 모습이 우스워 여자들은 또 까르르 웃음꽃을 피워냈다.

"그나저나 승아 너, 어제 그 껄떡거리던 미국 남자 차버린 거야?"

이번에는 유나가 화제를 돌렸다.

[왜? 네가 찜했어?]

"그래. 안 꼬실 거면 나한테 인계하든지… 완전 훈남이던데."

[명함 받았는데 줄까?]

"그러면 좋지."

명함을 받아든 유나는 바로 인상을 구겼다.

"야, 이거 영어잖아? 나 꼬부랑 글씨 보면 눈 꼬부라지는 거 몰라?"

유나의 말에 차 안은 또 한바탕 웃음바다가 되었다.

길모로서는 처음 하는 팀 여행. 게다가 홀가분한 상태라 더 좋았다.

사실 룸싸롱 에이스들은 뻔질나게 해외여행을 간다.

경로는 두 가지다.

하나는 친구들과, 또 하나는 손님들과.

해외여행은 일종의 마약이다. 한 번 나가기 시작하면 끊기 어렵다. 그렇게 한 10여 개국 돌아야 겨우 약빨이 떨어진다. 에이스들에게 있어 대개 그 끝은 유럽이었다.

하지만 팀 여행은 드물다. 설령 시간을 내더라도 호젓하게, 혹은 부장도 모르게 짝을 맞춘 손님과 밀월여행을 가는 게 보통이다. 그런 드문 여행에 기꺼이 동참해 준 팀원들… 길모는 그녀들이 고마웠다.

게다가 혜수의 도움은?

어젯밤에도 길모는 고마움을 전하는 걸 잊지 않았다. 실제로 혜수의 자료가 많은 도움이 되었기 때문이었다.

"이제 곧 소림사에 도착합니다."

굽이 진 개울을 따라 차가 돌자 이수경이 말했다.

'호영…….'

길모는 호영을 생각했다. 오래 전 그가 걸어갔을 이 길. 그 길 위에서 박공팔의 말을 떠올렸다.

지구상의 공기 분자는 유한해서 지금 이 공기 속에는 오래전에 헤어진 애인의 호흡도 몇 알 섞여 있다.

그렇다면!

'이 공기 속에는 진짜 호영의 숨결이 섞여 있을 수도…….'

그가 머물던 장소에 서니 그 말이 실감났다. 길모는 호흡 하나하나를 숭고하게 쉬고 뱉었다. 그사이에 버스는 소림사에 도착했다. 관광객은 많았다. 소림사는 한국에서만 유명한 절이 아니었던 것이다.

"아싸라비야!"

소림사 현판 앞으로 내달은 홍연이 무술의 고수처럼 포즈를 잡았다. 사진은 승아의 몫이다. 이번에는 유나가 곁다리로 붙어 고수의 자세를 취했다. 마지막으로 혜수. 그녀는 장난기가 발동했는지 부웅 날아 두 여자를 덮쳤다.

"아하하핫!"

경건(?)한 소림사 또한 길모 사단 에이스들에게 장악되고 말았다. 아무거나 걸쳐도 드러나는 에스 라인과 도드라지는 미모. 그건 소림사의 고승들에게도 치명적인 광경이었다.

그러니 일반 수컷들은 오죽할까? 여기저기서 힐금거리는 젊은 수컷들은 한둘이 아니었다.

"너무 나대지 말고 좀 조신해라. 그러다 쫓겨나겠어."

연기와 냄새, 미모를 어찌 감추랴? 알면서도 길모는 당부를 날렸다. 돌아보니, 소천락은 노스님과 대화를 하고 있었다. 눈치로 보아 막역한 사이 같았다.

"처자들이 중국어를 좀 한다고?"

대화를 끝낸 소천락이 길모에게 물었다.

"예, 간단한 중국어는 문제없습니다."

"그럼 저 스님을 따라가라고 하시게. 절 곳곳을 안내해 드릴 걸세. 스님에게는 괴로운 일이겠지만 그 또한 수행이 될 테니."

"알겠습니다."

길모는 수경의 통역을 혜수에게 전해주었다.

"우린 이쪽이네."

혜수네가 멀어지자 소천락이 산길을 가리켰다.

"아!"

산길을 돌아 나온 길모는 차마 형언할 수 없는 잔도를 보고 벌린 입을 다물지 못했다. 수경이 좀 위험해 보인다고 말하긴 했지만 그건 상상 이상이었다.

수직으로 깍아내려간 절벽. 그 허리에 난 위험천만한 길. 슬쩍 곁눈질하는 것만으로도 현기증이 날 정도였다.

그리고!

결국 사단이 나고 말았다.

"죄송하지만 저는 고소공포증이 있어서……."

수경이 포기를 선언했다. 미안함이 역력한 눈빛. 중국말을 모르는 길모였지만 더는 권할 수 없었다.

"괜찮아요. 여기서 쉬고 계세요."

길모는 흔쾌히 말했다.

"죄송해요. 여기만 돌아나가면 동굴에 가깝다는데……."

"아뇨. 그냥 동굴만 좀 볼 거고… 게다가 소 대인님이랑은 관상으로 통하니……."

길모는 크게 우려하지 않았다. 목적은 동굴. 윤호영이 관상의 도를 깨우친 동굴을 보는 것이지 소천락과 중국어 경연을 벌일 것도 아니었다.

"칭 뚜오 뚜오 꾸아완 쟈오!"

수경이 소 대인을 향해 고개를 조아렸다. 듣자니 길모를 잘 부탁한다는 말 같았다.

무섭긴 했다.

어떻게 이런 길을 낼 생각을 했을까? 아니, 대체 누가 이런 길을 냈을까? 어쩌면 소림사 스님들이 그랬을지도 모른다. 하늘을 나는 경공으로 이리 날고 저리 날면서…….

엉뚱한 생각을 하는 사이에 소 대인의 엉덩이가 멀어졌다. 길모는 꿀꺽 침을 넘기고 그 뒤를 따라붙었다.

이 또한 지나가리니!

그 말이 딱이었다. 처음에는 다리가 떨렸지만 이내 적응한 길모. 잔도를 돌아 나오고 나니 파쿠르로 뛰어오르면 어떨까 싶은 생각마저 들었다.

"칭 라이 쩌 삐엔."

울창한 숲 앞에서 소천락이 돌아보았다. 길은 없지만 소천락은 주저하지 않았다. 그렇게 얼마나 갔을까? 좁은 평지 사이로 무너져 내린 동굴이 눈에 들어왔다.

'호영…….'

기분 때문일까? 파타야에서 본 호영의 냄새가 나는 것 같았다. 정말, 그랬다. 소천락은 가방에서 손전등을 꺼내 길모에게 하나를 건네주었다. 동굴에 인적이 끊긴 걸 그는 알고 온 모양이었다.

끼아악!

안으로 들어서자 박쥐 몇 마리가 소동을 떨었다. 그것뿐이었다. 두어 발 앞서가던 소천락은 두 평쯤 되는 공간에서 걸음을 멈췄다. 거기가 끝이었다.

여기가 윤호영이 관상의 도를 깨우친 곳!

길모는 새삼 숭고해지는 걸 느꼈다. 이미 무아지경에 빠진 길모를 본 소천락은 슬그머니 자리를 비켜주었다.

21일!

호영은 여기서 관상책을 읽었다. 달마상법을 읽고 마의상법을 넘기고, 유장상법을 뒤적였다.

21일을 면벽을 하며 버텼다.

약해진 호영의 몸으로는 초인적인 인내였을 것이다. 그때 찾아온 푸른빛… 호영을 찾아온 운명의 빛…….

'나는…….'

길모는 호영이 바라보던 벽을 보며 중얼거렸다.

'잊지 않을 거다. 네가 소망하던 것들…….'

벽이 멀어졌다가, 다시 다가왔다. 그 벽에서 호영이 하얗게 웃었다. 길모는 가만히 손을 내밀었다. 벽이 손에 닿았다. 어쩐지 그 벽은, 돌이 아니라 호영의 손인 것만 같았다.

[형!]

잔도를 내려와 소림사로 돌아오자 장호가 먼저 달려왔다.

"구경은 다 했냐?"

[그렇긴 한데…….]

"왜? 무슨 일 있어?"

[얘네 나라 말로 이띠엔띠엔… 조금…….]

장호가 버벅거리며 수화를 만들었다. 그러고 보니 혜수 일행도 보이지 않았다.

"애들은 다 어디 갔냐?"

[저 아래 주차장 차 안에 있어요.]

'차?'

길모가 고개를 들었다. 천방지축 중국 대륙을 누비던 네 명의 여전사. 에너지가 넘쳐 밤낮으로 활개를 치더니 탈이라도 난 걸까?

[그게 아니고…….]

"빨리 말해라. 뜸 그만 들이고."

[사고가 났어요.]

"사고?"

[절 구경하고 나와서 노점에서 과일 사먹고 있는데 여기 불량배 같은 놈들이 혜수 누나한테 껄떡거리다가…….]

따귀를 몇 대 맞았단다. 맺고 끝는 게 확실한 혜수와 홍연. 그녀들이라면 희롱하는 수컷들에게 그러고도 남았을 거 같았다.

"잘했네."

길모는 대수롭지 않게 웃어넘겼다.

[그런데 그놈들이 아무래도 심상치 않아서…….]

"어디 있는데?"

길모가 주변을 돌아보았다. 인상이 좋지 않은 청년 두엇이 보이긴 하지만 불량배들은 아닌 거 같았다.

[지금은 안 보여요.]

"그럼 잊어버려라. 저기 소 대인님이 소림사 스님하고 친하신 거 같은데 무슨 일이 있으면 무술 고수 스님들이 도와주지 않겠냐?"

[하긴 스님 아니더라도 이제 형이 왔으니…….]

"배고프다. 저기 가서 만두라도 좀 먹어야겠다."

길모는 수경에게 부탁해 작은 반점에 자리를 잡았다. 만두 맛은 좋았다. 샹차이 냄새가 은근 풍겨 나왔지만 이젠 문제가 되지 않았다. 인간은 환경의 동물. 익숙해지는 데는 그저 시간이 필요할 뿐이었다.

해가 기울기 시작할 때 길모네는 버스에 올랐다. 장호는 아직도 따귀 사건이 마음에 걸리는지 주변을 돌아본 후에 마지막으로 탑승했다.

'호영…….'

길모는 먼 숭산 계곡을 바라보았다. 거기 구름과 어우러진 깎아지른 절벽과 잔도… 어렴풋하지만 호영의 자취를 밟아본 건 의미 있는 일이었다.

버스가 출발하자 뒷좌석의 아가씨들은 또 까르르 웃음보를 터트리기 시작했다.

"얘, 아까 그 젊은 스님 봤지? 홍연이가 팔짱을 끼니까 얼굴이 잘 익은 토마토처럼 빨개지는 거."

"언니, 얼굴은 약과예요. 거시기도 발딱 잠을 깨던걸요."

"어머, 그럼 홍연이 너 큰 죄 지은 거다. 스님이 파계하고 속세로 나오면 어쩔래?"

유나와 깔깔거리던 혜수가 홍연을 바라보았다.

"할 수 없죠, 뭐. 한국까지 찾아오면 내가 거둬야지."

"하긴 다른 건 몰라도 정력 하나는 끝내줄 거야. 아까 기왓장 드는 거 보니까 3박 4일도 뛰겠던데?"

"얘, 그럼 우리도 하나씩 찜해둘 걸 그랬다."

한적한 숲길을 빠져나가는 동안에도 유나와 혜수의 Y담은 계속 이어져 갔다.

순간!

쾅 하고 불벼락이 떨어졌다. 무방비 상태의 길모네는 제대로 충격을 받으며 멋대로 처박혔다.

"워더 티엔!"

운전기사가 목을 흔들며 소리쳤다.

[형!]

겨우 정신을 차린 장호가 앞을 가리켰다. 길모의 눈에 낡은 오토바이들이 들어왔다. 뒤에서 버스를 들이박은 건 삭을 대로 삭은 트럭이었다.

[그 새끼들이에요!]

장호가 수화를 했다.

오토바이에서 불량배들이 내리고 있었다. 앞뒤로 열 명이 넘어보였다. 소천락은 추돌의 충격파로 인해 기절한 상황…….

"당신들 뭐예요?"

수경이 내려 따졌지만 돌아온 건 발길질뿐이었다.

"악!"

수경은 비명을 지르며 쓰러졌다.

와창창!

숨 돌릴 여유도 없이 뒤쪽에서 유리 박살 나는 소리가 들렸다. 혜수가 앉은 쪽이었다.

"이년이야!"

"내려!"

난폭한 쇠몽둥이질과 함께 중국어 욕설이 들려왔다.

[형!]

그사이에 앞쪽의 불량배들도 다가서기 시작했다.

“흑파들인 거 같아요.”

겁에 질린 수경이 버스 안으로 쫓겨 들어왔다.

흑파!

중국의 조직폭력배.

보아하니 에이스들에게 반해 껄떡거리다 창피를 당하고 그 빚을 갚으러 온 모양이었다.

“넌 여기서 꼼짝 말고 애들 지켜라.”

목을 좌우로 돌려 균형을 잡은 길모가 말했다.

“부장님, 경찰에 신고하는 게…….”

혜수가 말했지만 이미 늦은 일이었다. 벌써 두 명의 불량배가 뒷 유리를 날리더니 문으로 올라서고 있었다.

“까악!”

에이스들의 비명이 높아졌다. 바짝 긴장한 길모. 그대로 치달아 의자 손잡이를 잡고 몸을 띄우며 회전 킥을 날렸다. 의기양양 올라타던 두 불량배가 밖으로 나뒹굴었다. 길모는 천천히 버스에서 내렸다.

오토바이 위에 올라앉은 불량배의 우두머리가 피식 웃었다. 가소롭다는 뜻이었다. 그렇거나 말거나 길모는 성큼 앞쪽 무리에게 다가섰다.

“우와아앗!”

두 명의 불량배가 짝을 지어 달려들었다. 이미 터질 정도로 팽팽하게 긴장한 길모는 지면을 차고 올라 공중 궤적을 그었다.

'일단 3주 같은 1주씩만!'

길모, 간만에 진단 주먹을 날리기 시작했다. 연달아 킥을 날리고 어리벙벙 쳐다보는 두 놈의 턱에 주먹을 먹였다. 어디를 맞추든 감도는 같았다. 병원에 가면 딱 1주만 나올 진단…….

딸랑딸랑!

자세를 잡는 사이에 장호의 방울 소리가 위태롭게 울렸다. 길모는 몸을 세우지 않고 그대로 회전했다. 아슬아슬하게 쇠몽둥이가 비껴갔다. 일어섰더라면 머리통이 날아갔을 판이었다.

용수철처럼 솟구친 길모는 불량배의 팔뚝을 차서 쇠몽둥이를 떨궈냈다. 이어 허공에서 그걸 받아 주인의 이마에다 날렸다.

'너는 6주 같은 3주로 해주마!'

빠억!

껍질 두꺼운 수박 깨지는 소리가 들렸다. 쇠몽둥이의 주인은 피를 쏟으며 무너졌다.

"미안하지만 비싼 아가씨들이거든. 내 전 재산과도 같아서 함부로 대하시면 곤란해. 정 반했으면 1번 룸 예약하시던가!"

버스 앞에 버티고 선 길모가 말했다.

열 받은 우두머리는 고개를 설레설레 젓더니 턱짓을 보냈다. 신호를 받은 부하들이 일제히 흉기를 꺼내 들었다.

시커먼 흉기, 무식하기 짝이 없는 데바 식칼이었다.

'쉽지 않군.'

길모는 바닥에 구르는 쇠몽둥이를 발로 띄워 들었다. 간단히 끝날 일이 아니라고 판단한 것이다.

"오빠, 조심해!"

"부장님!"

상황이 살벌하게 돌아가자 유나와 혜수가 손을 모아 소리쳤다.

길모는 눈앞을 쏘아보고 있었다. 흑파들 숫자는 열네 명. 유흥가에서 만난 주먹들 하고는 성격이 달랐다. 한국이라면 싸움이 오래가지 않는다. 경찰이 출동하기 때문이었다.

하지만 여기는 중국, 게다가 산길. 중국 공안의 출동 원칙 따위는 알지도 못하지만 한국처럼 3분이나 5분 안에 올 리가 없었다.

'뭉개지 못하면…….'

길모는 긴장을 바짝 끌어올리며 뒷말을 이었다.

'죽을 수도 있다!'

결정은 났다. 선택 따위는 없었다. 이미 작심하고 기습한 흑파들. 기껏 겁이나 주려고 이런 모험을 했을 리가 없었다.

"우워어!"

길모는 야수의 포효와 함께 들이닥쳤다.

퍽!

퍼억!

번뜩이는 살광을 피하며 무자비하게 쇠몽둥이를 휘둘렀다. 흑파들의 식칼이, 선뜩 이마에 이어 옆구리를 스쳐 갔다. 지면을 차고 뛰어올라 둘을 공격하고 다이빙 낙법으로 굴렀다. 식칼이 따라오면 턴 볼트로 피했다. 서너 명이 쓰러지는 게 보였다. 길모는 뒤에서 달려드는 불량배의 어깨뼈를 박살 내며 숨을 돌렸다.

"차오!"

지켜보던 우두머리가 욕설을 토하며 오토바이에서 내렸다. 자극을 받은 부하들이 다시 다가서기 시작했다. 그들의 무식찬란한 식칼 끝이 일제히 길모를 겨누었다.

"우어엇!"

둘!

넷!

지옥처럼 날아드는 칼날을 피하며 길모는 쇠몽둥이를 휘둘렀다. 그러다 옆으로 치고 들어오는 부하의 늑골을 박살 내고 돌아서는 순간, 딸랑딸랑딸랑, 장호의 방울이 비상을 알려왔다.

파앗!

길모, 간담이 서늘해졌다. 식칼의 궤적이 오른쪽 눈을 스쳐간 것이다. 하마터면 동태국의 동태처럼 눈알이 도려질 뻔한 셈.

"감히!"

발끈한 길모가 절반을 회전하며 쇠몽둥이를 몰아쳤다.

빠걱!

늑골 나가는 소리에 이어 부하 하나가 무너졌다. 그때 잠시 멈춘 것이 실수였다. 왼편 어깨로 날아드는 식칼을 피하는 순간 얼굴에 모래흙이 날아들었다.

"윽!"

길모는 짧은 비명과 함께 움찔 물러섰다.

"오빠!"

“부장님!”

버스 안에서도 비명이 일었다. 길모는 이를 물고 눈을 떴다. 앞이 보이지 않았다. 시간을 벌려고 미친 듯이 허공을 휘저어 보지만 상황은 나아지지 않았다.

희미한 시야로 흑파들이 다가서는 게 보였다.

‘제기랄!’

조금은 허무했다. 최 회장의 비즈니스도 끝나고 호영이 관상의 도를 이룬 동굴까지 보고 온 상황. 그런데 고작 사소한 시비 하나가 길모의 인생에 초를 치고 있는 것이다.

‘호사다마인가?’

혼자 어떻게 되는 건 상관없었다. 그동안 보람되고 열심히 살았다. 괄시받던 삼류 웨이터 주제에 초상류층 사람들에게 대접도 받았지 않은가?

그러나 에이스들은, 그녀들은 아니었다.

‘죽어도 지켜야지. 수경 씨가 신고를 했을 테니 시간을 끌면 공안이 올지 몰라.’

최악이지만 포기할 수는 없었다. 포기하는 순간, 모든 것은 끝나므로.

“와아아앗!”

흑파들이 몰려들기 시작했다. 길모는 본능 하나에 몸을 맡기고 분전했다. 온몸을 뒤틀며 쇠몽둥이를 휘둘렀다. 그 상태로 둘을 쳐냈지만 뒤에서 날아온 발에 옆구리를 허용하고 말았다.

‘윽!’

비틀 물러서는 순간, 바다당, 거칠게 기어를 당기는 소리가 들렸다.

'장호?'

이런 식으로 기어를 당기는 사람. 길모가 기억하는 한 그건 한 사람뿐이다. 바로 장호의 전매특허기 때문이었다.

와다다당!

맹수의 포효보다 사나운 시동 소리에 흑파들이 돌아보았다. 그들의 허공은 오토바이 한 대가 뒤덮고 있었다. 어느 틈에 버스에서 나온 장호가 오토바이에 올라탄 것이다.

"유아아압!"

장호는, 괴상한 소리를 쏟아내며 흑파들을 몰아쳤다. 혜수와 홍연, 유나와 승아는 눈을 의심했다. 라이더 장호가 거기 있었다.

거친 회전과 거친 턴. 거기에 더해지는 사자의 포효 같은 마후라 터지는 소리. 오토바이와 혼연일체를 이루어 들이치는 장호는 흡사 안드로이드 로봇과 합체를 이룬 듯이 보였다.

"으아악!"

치이고 받친 흑파들은 비명과 함께 나가떨어졌다. 그 틈을 타서 뛰어나온 혜수가 길모의 눈에 생수를 부어주었다.

와다당!

겨우 시야가 확보된 길모. 길모는 보았다. 오토바이로 흑파들을 윽박지르는 장호의 모습. 그처럼 필사적인 모습은 처음이었다.

"이야아!"

길모는 혜수를 노리는 불량배에게 쇠몽둥이를 날렸다. 팽그르 돌아 날아간 쇠몽둥이는 놈의 목을 직격했다.

"버스로 가 있어."

길모는 그 말을 남기고 성큼 도약했다.

와당와당!

흑파들을 한쪽으로 밀어붙인 장호의 오토바이가 몸살을 앓고 있었다. 조금 긴 쇠파이프를 집어든 길모가 그 옆에 나란히 섰다.

[형…….]

"고생했다. 이제 좀 쉬어라!"

길모, 그 말을 남기고 흑파들을 치고 들어갔다.

퍽!

퍼억!

인정도 사정도 없었다. 길모가 바람을 가를 때마다 흑파들은 칼을 떨구며 뒹굴었다. 장호의 귀신같은 라이딩 솜씨에 놀란 흑파들은 기가 죽었는지 처음처럼 악착같지 못했다. 마지막 남은 한 놈은 저절로 식칼을 내려놓았다.

길모의 시선이 우두머리에게로 날아갔다. 놈은 어딘가 다급하게 전화를 하고 있었다. 통화를 끝낸 놈은 낑낑거리는 부하들 앞에 버티고 서서 회심의 미소를 뿜었다.

우두머리의 믿는 구석은 지원군이었다. 이내 소란스러운 마후라 소리가 들리더니 다시 10여 대의 오토바이가 더 등장했다.

"하, 이 새끼들 몇 십 년이 지났건만 아직도 인해전술이네."

길모가 깊은 숨을 내쉬었다.

[내가 흔들어놓을게요. 형이 그 틈에서 청소하세요.]

"아무래도 그래야겠다."

와당와당당!

사방에서 오토바이들이 몸살을 앓았다. 그러다 장호가 막 출격하려할 때,

탕!

하고 총소리가 들렸다.

"……?"

놀란 길모가 돌아보았다. 다행히 공안이 출동하고 있었다.

[형…….]

장호의 눈에 안도의 빛이 스쳐 갔다.

"뭐 만만디 애들 치고 아주 늦은 건 아닌데?"

길모도 고개를 끄덕였다.

공안의 차량이 도착하자 혜수네와 수경이 버스에서 내렸다. 현장의 상황을 본 공안들은 죄다 권총을 빼들고 다가왔다.

"이분들은 한국인인데요, 저 불량배들이 우리 차를 들이박고 칼로 공격했어요."

수경이 나서 공안 간부에게 설명했다.

그런데 이게 웬일? 공안은 수경을 밀치고 흑파의 우두머리에게 다가갔다. 그사이에 공안들이 다가와 길모 일행을 한쪽으로 몰아세웠다. 흑파들에게는 별다른 조치도 하지 않은 채.

"분위기 안 좋은데요?"

눈치 빠른 혜수가 중얼거렸다.

그 짐작은 들어맞았다. 공안 간부가 우두머리와 웃으며 악수까지 나눈 것이다. 공안 간부는 바로 길모네를 향해 다가왔다.

"체포해!"

알아들을 수는 없지만 말투가 좋지 않았다. 길모가 수경을 돌아보자 통역이 나왔다.

"우리를 체포한대요."

[에? 우리를 왜?]

장호가 핏대를 올렸다.

"이봐요. 우리를 죽이려고 한 사람들은 저 사람들이에요. 그런데 왜 우리를 체포한다는 거죠?"

수경이 항변했지만 소용없었다. 공안 간부가 수경의 따귀를 날려 버린 것. 하지만 그 손은 수경의 얼굴에 닿지 못했다. 길모가 손목을 잡아챈 것이다.

"폭력의 방향이 틀렸잖아?"

길모는 우묵한 눈빛으로 말했다.

"이놈이!"

한국말을 모르는 간부가 권총으로 손을 가져갔다. 그때 정신을 차린 소천락의 목소리가 날아왔다.

"이 무슨 작태인가?"

"넌 또 뭐야?"

공안 간부가 소천락에게 눈을 부라렸다.

"나는 소천락이라고 하네만."

소천락의 목소리에는 위엄이 가득했다.

"소천락?"

"당신, 흑파의 뒤를 봐주는 공안인가?"

"무슨 헛소리야? 저 사람들이 말하기를 여기 이 사람들이 흉기를 들고 먼저 공격했다는데!"

"이분들이? 당신 제정신이야? 이렇게 예쁜 아가씨들과 여행하는 분들이 미쳤다고 수십 명 폭력배를 공격해?"

"그건 내가 알 바 아니야. 피해자가 있으니 법대로 할 뿐!"

"이런 썩어 빠진 놈!"

듣고 있던 소천락이 간부의 따귀를 후려갈겼다.

"이 영감탱이가 미쳤나?"

공안 간부는 결국 권총을 꺼내 소천락의 이마를 겨누었다.

"부장님!"

놀란 아가씨들이 길모 뒤에서 겁 먹은 소리를 속삭였다.

"진정해… 잠깐 두고 보자고."

길모는 아가씨들을 달래주었다.

"네 청장 이름이 우한린이지?"

"그래서?"

"당장 전화 걸어서 내 이름을 대거라. 네놈이 방금 소천락이라는 영감탱이에게 권총을 겨누었다고."

소천락의 눈이 안광을 뿜었다. 기세에 질린 간부가 미간을 찡그렸다.

"어서!"

소천락이 거듭 재촉했다. 간부가 돌아보자 공안 하나가 전화를 걸었다. 그리고 하얗게 질리며 전화기를 떨어뜨렸다.

"뭐야?"

간부가 다그치자 부하는 떨리는 목소리로 대답했다.

"대장님을 즉시 체포하랍니다! 저항하면 발포해도 좋다

고……."

"……?"

소천락!

그가 누구인가?

비록 길모에게 꿇었지만 중국의 3대 관상군자로 불리는 관상의 대가. 더구나 하남성 당 서기 리홍룽이 스승으로 모시던 바였으니 나름 권력과 통하고 있었다.

공안들이 그들의 대장을 체포하자 흑파들은 사색이 되었다. 길모는 그 틈을 타서 은근슬쩍 쇠몽둥이를 우두머리에게 날렸다.

뻐억!

우두머리의 이마에서 산뜻하게 뽀개지는 소리가 들렸다. 시치미를 뗀 길모는 아가씨들에게 찡긋 윙크를 날렸다.

"몰라뵈었습니다."

간부를 체포한 공안들이 일제히 소천락에게 예의를 표했다.

"저 무례한 흑파를 엄벌하고 이분들의 안전을 도모하시오. 그렇지 않으면 내 공안청장과 리홍룽 당 서기에게 알려 책임을 추궁하도록 할 테니."

"즈따오!"

공안들은 한 번 더 고개를 소리 높여 대답했다.

"다친 덴 없냐?"

흑파들이 줄줄이 체포되어간 후, 길모가 장호에게 물었다

[형은요?]

"나야 불사신이잖냐?"

길모는 아무렇지도 않은 듯 말했지만, 아무렇지도 않은 건 아니었다. 긴장이 풀린 탓인지 여기저기가 쑤셔왔다. 게다가 작은 자상도 몇 군데 있었다. 피하느라 피했지만 칼끝이 흔적을 남긴 것이다.

"병원에 가야하는 거 아니에요?"

혜수가 걱정스레 물었다.

"하핫, 이 정도쯤이야……."

"아무튼 부장님, 진짜 대단했어요. 난 무슨 액션 영화 찍는 줄 알았다니까요."

홍연은 혀를 내둘렀다.

"우리 오빠가 이 정도라고. 다른 부장님들 같았어 봐. 벌써 나 살려라 하고 혼자 튀었을걸."

유나가 말했다.

[장호도 대단했어. 우와, 완전 오토바이 짱이야!]

승아 역시 쉴 새 없이 수화를 그려댔다.

그사이에 다른 버스가 도착했다. 이번에는 소천락이 힘을 발휘한 미니 버스였다.

"타시게. 홍 대인!"

소천락은 예를 갖추어 말했다. 있어서는 안 될 일이 발생한 상황. 같은 중국인으로서 부끄러움을 느끼는 모양이었다.

"너무 그러지 마십시오. 덕분에 곤란한 일도 면했는데……."

길모는 진심으로 말했다.

"그래도 그렇지. 백주에 아무 잘못도 없는 외국인을 공격하다니… 중국 남자의 수치가 아닌가? 내가 청장에게 말해서 남근을 잘라 버리라고 할 참이네."

남근!

소천락의 의지가 강력하자 혜수 등의 여자들 눈이 휘둥그레졌다.

"그건 중국 법대로 처리하시고… 아무튼 저는 괜찮습니다. 소림사에 와서 무술 흉내를 내본 것도 추억이 될 테니까요."

"과연 대인이시군. 과연……."

소천락의 얼굴에 그제야 미소가 번져 갔다.

"홍 대인……."

만면에 미소를 머금은 소천락이 말문을 이었다.

"대인의 상법이 천기에 가까운 것은 인정하오. 하지만 나로 하여금 중국 관상가들에 대한 선입견은 갖지 않기를 바라네."

"아, 네……."

"내 이제 늙어 총기가 사라지니 재주가 변변찮지만 대륙 넓은 땅에는 달마대사에 버금가는 실력자들이 많이 있다는 뜻일세."

"당연히 그렇겠죠. 소 대인님의 말씀 새겨 두겠습니다."

길모는 소천락의 말을 교훈으로 받아들였다.

도는 그릇에 따라 담긴다. 그러니 크고 넓은 마음을 가질수록 성취도 클 일이었다.

한국으로 돌아오는 날, 길모는 최 회장의 전화를 받았다.

—홍 부장!

최 회장의 목소리는 잔뜩 상기되어 있었다.

"회장님!"

—방금 낭보가 날아왔네.

'낭보?'

—하남성에서 최후의 황금부지를 우리 몽몽에 넘겨주기로 결정했다는군.

"아, 그렇습니까?"

—다 자네 덕분이네. 내가 톡톡히 한 턱 내겠네.

"아닙니다. 저는 이미 충분한 대가를 받았지 않습니까? 덕분에 중국 구경도 잘했고요."

—무슨 소리인가? 소림사 관광길에 엄청난 사고를 겪었다는 보고도 받았네. 이거 정말 자네 볼 면목이 없어.

"지나간 일입니다. 별일도 아니었고요."

—아니야. 내가 중국 팀을 단단히 문책할 테니까 일단 이해해 주시게.

문책!

그 말을 들은 길모가 시선을 들었다. 장호 옆에 서 있는 수경이 보였다. 그러고 보니 오늘은 안색이 좋지 않아보였다.

"회장님!"

—말씀하시게.

"다른 건 몰라도 이수경 씨는 책임을 물으시면 안 됩니다. 어제 사고 때 이수경 씨가 적절하게 대처하지 않았더라면 진짜 큰 일이 날 수도 있었으니까요."

길모는 슬쩍 수경을 챙겨주었다.

—그래?

"부탁드립니다. 사소한 일을 가지고 벌을 내리시면 저희가 몸 둘 바를 모르게 되니……."

—알았네. 그럼 그 건은 내가 다시 고려해 보도록 하지.

"그럼 다시 한 번 축하드리고, 한국에서 뵙도록 하겠습니다."

—그러세. 내 근간 시간 내어서 카날리아에 들리도록 하겠네.

"고맙습니다."

최 회장의 전화가 끊겼다.

"수경 씨!"

길모는 다시 식탁에 앉았다.

"네?"

"최 회장님이세요."

"……."

다시 표정이 어두워지는 이수경. 어쩌면 이미 문책하겠다는 말을 전해들은 것 같았다.

"회장님 말씀이 수경 씨는 문책하지 않겠대요. 그러니 얼굴 펴도 되요."

"정말요?"

"그럼요. 사선을 넘어온 동지인데 문책이라뇨?"

"고맙습니다. 고맙습니다!"

수경은 몇 번이고 허리를 숙여 감사를 전해왔다. 나중에 보니 그녀의 눈에는 눈물까지 맺혀있다. 혹시라도 회사에서 짤릴까 봐 노심초사했던 모양이었다.

*　　*　　*

짧은 중국 여정을 마친 길모사단이 다시 공항에 발을 디뎠다.

짜릿하게 끝난 하남성 일정. 길지 않았지만 한순간, 한순간을 짚어보니 심장이 쫄깃해지는 것만 같았다.

"저기……."

공항 앞에서 수경이 얼굴을 붉히며 입을 열었다.

"나중에 한국에 가게 되면 연락드려도 될까요?"

"그럼요. 언제든 연락하세요. 만사 제치고 가이드 해드릴게요."

길모는 기꺼이 대답했다. 그녀 또한 사선을 함께 넘은 동지에 다름 아니었다.

"수경 씨, 우리 인증샷 좀 부탁해요!"

출국을 앞두고 혜수가 핸드폰을 내밀었다. 한층 표정이 밝아진 수경이 구도를 잡으며 말했다.

"이, 얼, 싼!"

찰칵!

길모의 중국 관상 출장이 막을 내리는 소리였다.

제2장

카멜레온 살인악녀

모처럼 맞이하는 밤 같은 밤. 하지만 낮과 밤이 뒤바뀐 길모는 잘 적응이 되지 않았다. 한국으로 돌아오니 더했다. 아무래도 길모는, 낮에 자야 할 팔자인 모양이었다.

새벽까지 눈을 붙인 길모는 잠에서 깨었다. 장호도 그랬다. 그냥 멀뚱거리기도 뭐해서 아침 운동 삼아 파쿠르로 몸을 풀었다.

그런 다음 일반인의 시간에 맞춰 아침 식사를 하고 국내 소식을 체크했다.

[여기 TPT 건설 송 회장님 뉴스가 있어요.]

관련 뉴스를 찾아낸 장호가 화면을 눌렀다.

—며칠 전 서해 고속도로 상에서 구사일생한 TPT건설 송 회장 사고 이후 자동제세동기가 화제가 되고 있습니다. 오늘도 지

하철에서 중년 여성이 쓰러지자 시민들이 제세동기로 응급처치를 한 덕분에 목숨을 구한 일이 일어났습니다. 당국은 제세동기를 전국 주요 터미널 등에 확대 보급하기로 하고…….

송 회장 이름이 나오자 그 아들이 떠올랐다.

송욱!

그가 가지고 온 봉투에는 1억이 들었던 모양이다. 그 돈은 헤르프메에 기부되었다.

"일단 1억이고 다음에 전사적으로 다시 기부하겠다는 뜻을 전해왔어."

그 일은 중국에 있는 동안 은철을 통해 들었다.

'1억…….'

큰돈이다.

전 같으면 그걸 어디에 지를까 궁리를 했을 길모. 하지만 이제는 그 돈으로 누가 간절한 도움을 받았을까 하는 마음뿐이었다.

[형!]

"왜?"

[송 회장님… 퇴원하면 우리 가게에 오실까요?]

"글쎄……."

[기사 뒤져 봤더니 그분이 옛날에는 두주불사였대요. 건설현장에서 인부들 하고 막걸리를 통으로 마시기도 했다던데요?]

나쁘지 않은 소식이다.

송 회장 같은 초거물이라면 안면만 터놓아도 대박이었다. 하지만 술을 좋아하면 더 대박이다. 1번 룸의 VVIP 손님이 될 가능성이 높아지는 것이다.

'송 회장…….'

올까?

안 올까?

올까와 안 올까의 단순한 똑딱 게임. 그런데도 마치 사춘기 시절, 좋아하던 소녀에게 고백을 하려던 날처럼 가슴이 뛰는 건 어쩔 수 없었다.

식사를 마치고 헤르프메에 들렀다.

"홍 부장!"

중국 출장 이야기를 전해들은 은철이 반색을 했다. 그와 대화를 나눌 때 한 사업가가 찾아왔다.

오랜 연구를 통해 실용화한 기술을 사장당할 뻔한 사람이었다.

대기업의 농간이었다. 그 기술을 사겠다고 계약한 후에 차일피일 상용화를 지연시키면서 기술 원리를 요구했다. 유사한 국제 특허가 있는지 체크하겠다는 명분이었다. 그런 다음에 그들의 기술팀에서 원리를 도용하여 제품 개발에 나섰고, 사업가에게는 말도 안 되는 이유를 내세워 계약을 취소해 버렸다.

기술 훔치기에 당한 것.

사업가는 재벌 회장의 사택 앞에서 분신을 시도했지만 운 좋게 살아났다. 억울한 그는 지푸라기라도 잡는 심정으로 헤르프메 게시판에 사연을 올렸다. 그걸 본 은철이 무료 변론으로 소송을 걸어 승소하고 제품화 자금을 대줘 사업가를 회생시켰다. 물론, 그 자금은 길모가 전해준 것이었다.

은철이 소개하자,

사업가는 말릴 사이도 없이 길모에게 꾸벅 큰절을 올렸다. 길모가 손사래를 쳤지만 듣지 않았다.

"백번을 절해도 모자랍니다."

사업가는 눈물을 그렁거리며 거듭 절을 했다. 결국 길모가 같이 절을 하고서야 인사를 멈춘 사업가였다.

"좋지?"

헤르프메를 나오며 길모가 장호에게 물었다.

[대박 좋죠. 사는 보람이 마구마구 느껴진다니까요.]

"노 변에게 윤표도 멤버로 초대해서 설명해 주라고 했다. 그놈도 그럴 만한 자격이 있으니까."

[으핫, 윤표 녀석 무지 좋아하겠는데요.]

"그렇지?"

미소가 절로 나왔다. 좋은 일에 사람을 끌어들이는 게 이렇게 뿌듯할 줄은 몰랐던 길모.

와다당!

장호는 축가라도 되는 듯 전매특허 시동음을 울리며 출발했다.

"안녕하세요?"

며칠 만의 출근길, 길모는 우선 만복약국의 문을 열었다. 그런데 류 약사가 보이지 않았다.

"류 약사님은 어디 갔나 보죠?"

마 약사가 나오자 길모가 슬쩍 돌려 물었다.

"류 약사? 볼일이 있어서 뭐 좀 알아보느라고……."

"아, 네……."

"중국 갔다며? 오늘 귀국한 건가?"

"어제 왔습니다."

길모는 음료수 값을 지불하고 약국을 나왔다. 딱히 만나기로 약속한 것도 아니지만 류 약사가 없으니 괜히 허전한 마음이 들었다.

며칠 만에 나온 카날리아.

방 사장과 부장들, 보조들에게 음료수를 돌리고 인사를 나누었다.

"갔던 일은?"

음료수를 받아든 방 사장이 물었다.

"대충 해결되었습니다."

"그럼 곧 최 회장이 매상 좀 쏘러 오겠네?"

"예? 예……."

길모가 대답했다.

"우리 홍 부장, 팍팍 나가는구나. 전에는 태국에서 행운을 불러오더니 이번엔 중국에서? 기대가 중국 땅덩어리만큼이나 크다."

"사장님도……."

"며칠 홍 부장 없는 동안 찾아온 손님들 있었다. 명함 챙겨두었으니까 인사나 챙겨라."

방 사장은 장부를 들고 일어섰다.

"장부는 왜요?"

"고양이 잡으려고!"

방 사장, 그러고 보니 눈에 독기가 서려 있다. 그렇다면 그 독기의 목표는 오 양. 이제야 방 사장이 그녀의 생선 핥기를 발견한 모양이었다.

아무것도 모르는 오 양은 룰루랄라거리며 등장했다.

발걸음이 사뭇 가벼웠다. 하지만 길모는 보았다. 그녀의 얼굴에 드리운 어두운 그림자. 그녀의 일진이 아름답지 못할 거라는 암시였다.

쾅!

아니나 다를까?

오 양이 들어서기 무섭게 카운터에 서 있던 방 사장이 기염을 토했다.

"사장님……."

낌새를 차린 오 양이 바짝 쪼그라들었지만 분기탱천한 방 사장은 그냥 넘어가지 않았다.

"악!"

방 사장이 머리채를 잡아채자 오 양은 비명을 질렀다. 서 부장이 쳐다보았지만 말리지는 않았다. 방 사장은 행동파다. 카날리아의 군기는 확실히 잡는다. 누구든 그걸 터치하면 폭발한다. 그렇기에 이런 일은 모른 척 넘어가는 게 상책이었다.

"이런 싸가지 없는!"

사무실에 들어선 방 사장은 오 양을 패대기 쳐 버렸다. 오 양은 우윳빛 낯짝이 된 채 낑 소리도 내지 못했다. 오 양, 도벽이 끝장을 먹는 순간이었다.

"얼마 해먹었냐?"

방 사장이 물었다.

"……."

"얼마 해 처먹었냐고!"

결국 폭발해 버리고 마는 방 사장.

"얼, 얼마 안돼요……."

그제야 오 양의 입에서 모깃소리가 새어 나왔다.

"말해라. 솔직히 말하면 그냥 넘어가고 아니면 바로 손목 날리든지 경찰 부르든지 한다."

"……."

"너, 내 성질 알지?"

"……."

"몰라?"

방 사장이 전화기를 집어 들었다.

"얼마인지 자세히는 몰라요."

겁을 먹은 오 양이 바짝 움츠리며 말했다.

"아무튼 얼마?"

"지금까지 전부요?"

"이게 지금 누구하고 장난을 하나?"

"한, 1억 원쯤……."

"죽을래?"

방 사장이 한 번 더 눈을 부라렸다.

"1억 5천쯤요."

"야, 오애선!"

"진짜예요. 그게 전부예요!"

오 양은 혼비백산하며 두 손을 모아 빌기 시작했다.

"어디에 쓰느라고?"

"그건……."

"말 못 해?"

"남자 친구……."

"남자 친구?"

"취업 준비하는 데 돈이 필요하다고 해서……."

"전화기!"

"사장님……."

"전화기!"

"여기요!"

오 양, 결국 핸드폰을 내밀었다.

"불러. 당장!"

"사장님……."

"그놈이지? 가끔 밖에 서성이던?"

"……."

"어서!"

결국 오 양은 전화를 걸었다.

결국 남자 친구가 왔다. 결국 미친 듯이 얻어터졌다.

오 양은 남자 친구와 사이좋게 8천만 원씩 갚는다는 차용증을 쓰고서야 풀려났다. 방 사장다운 계산법이었다. 친척이라도 해도 가차 없다. 오 양은 물론, 당연히 해고였다.

카운터는 임시로 장목화가 맡았다.

이날 길모의 룸에는 아주 흥미로운 손님들이 들이닥쳤다.

"어떻게 오셨죠?"

약속이라도 한 듯 선글라스를 눌러쓴 중년 부인 셋이 들어서자 장목화가 제동을 걸었다.

"여기 혹시 홍 부장님이라고……?"

"잠깐 기다리세요."

목화는 2번 룸에 있는 길모를 호출했다. 카운터로 나온 길모도 고개를 갸웃거렸다. 중년 사모님 셋의 조합은 들은 바도 아는 바도 없었기 때문이었다.

"저를 찾으셨다고요?"

길모가 물었다.

"홍 부장님이세요?"

온통 명품으로 무장한 갸름한 콧날의 사모님이 선글라스 너머로 대답했다. 싼 티라고는 찾아볼 수 없는 럭셔리 사모님은 애교까지 뚝뚝 쏟아졌다.

"그렇습니다만……."

"어머, 이렇게 젊은 분이?"

콧날 사모님이 옆의 여자를 바라보았다. 그녀는 진하디진한 빨간 립스틱을 칠하고 있었다.

"이분 맞아?"

자신이 없는지 마지막에 선 모자 부인 쪽을 바라보는 빨간 립스틱…….

"여기 홍 부장님이 두 사람인 건 아니지요?"

모자의 질문이 이어졌다.
"그렇습니다만……."
"저기… 노봉구 사장님 아세요? 그분 소개로 왔는데……."
"노 사장님요?"
노봉구는 청담동 사채업자로 길모의 단골 중 한 사람이었다.
"알죠."
"그분 말씀이 관상 귀신이라면서요? 우리, 룸 하나 예약해 주세요."
"……."
"아이, 여기 비싼 거 다 알고 왔어요. 우리 술 잘 마시거든요. 다른 손님들에게 방해 안 되게 조용히 놀다갈 테니까 걱정 마시고."
모자가 재촉을 했다. 척 보니 관상이 목적인 사모님들이었다.
"그럼 잠깐만 기다리십시오."
단체 도시락!
나이트도 아니고, 길모 평생 단체 여자 손님은 처음이었다.
[여자 셋이요?]
1번 룸을 치우고 있던 장호가 정색을 했다.
"왜? 문제 있냐?"
[도시락도 그런 도시락은…….]
"도시락 지갑에서 나온 돈은 위조지폐라더냐?"
[그건 아니지만……..]
"한 번 받아보자."
길모는 개의치 않았다. 더구나 노봉구의 소개가 아닌가? 자고로 단골이 추천한 손님은 박대하지 않는 법이었다.

잠시 후에 삐까번쩍 치장한 사모님 셋이 1번 룸으로 입장했다. 추렁추렁한 명품 액세서리와 가방, 구두와 시계, 반지… 한마디로 움직이는 명품관이었다.

"어머, 여기가 텐프로로구나."

"그러게. 난 이런 데 처음이야……."

"얘, 누구는 아니니? 남자들은 좋겠어. 이런 데서 영계를 품고 좋은 술도 마시고……."

사모님들은 저마다 한마디씩 소감을 토해냈다. 그리고…….

"여기 오면 아가씨 불러야 하나? 우린 총각이 필요하지 아가씨는 필요 없잖아?"

"얘, 그냥 불러보자. 그것도 재미있을 것 같지 않냐?"

모자와 립스틱이 소곤거린다.

"시중을 들어야 하니 아가씨는 제가 한 명만 추천하겠습니다."

지켜보던 길모가 기준을 잡아주었다.

"그러세요. 우린 홍 부장님 뵈러 온 거니까."

겉옷을 벗은 콧날이 팔을 걷으며 웃었다. 조명 속에서 빛나는 그녀의 얼굴은 30대 골드 미스 수준. 탱탱한 피부는 20대를 방불케 하고 있다. 소위 관리 좀 받으신 모양이었다.

"그럼 술은……."

"혹시 와인 있나요?"

"예."

"좋은 걸로 주세요."

"로마네 꽁띠 정도면 되겠습니까?"

"어머, 그거 있어요? 나 그거 좋아하는데……."

메뉴판을 보던 립스틱이 반색을 했다.

"가격이 부담스러우시면 샤또 라피트로 드셔도……."

"우리가 그렇게 저렴해 보여요?"

콧날이 애교를 떨며 응수했다.

"아닙니다. 그럼……."

길모는 인사를 마치고 복도로 나왔다.

"홍 부장, 단체 도시락 받았다고?"

목화에게 들었는지 강 부장이 다가왔다.

"예."

"호기심?"

"아마 제 단골 중 한 분이 소개하신 모양입니다."

"오더는 괜찮고?"

"로마네 꽁띠를 드시겠다는군요."

"……!"

강 부장의 입을 닫는 데는 그 한마디면 족했다. 로마네 꽁띠라면 수천만 원을 받을 수 있는 술. 그렇다면야 단체도시락이 아니라 그 할아버지가 와도 마다할 수 없는 일이었다.

"허어, 이거 나도 손님 중심축을 강남 사모님들 쪽으로 옮겨 봐?"

강 부장은 고개를 저으며 담당 룸으로 들어갔다.

"안녕하세요? 혜수라고 합니다. 모시게 되어 반갑습니다."

한 명의 선택은 당연히 혜수였다. 여자 얼굴의 관상 공부에 더 없이 좋은 기회였다.

"어머, 텐프로 언니들은 이렇게 생겼구나?"

"야하지는 않네? 난 또 빤스만 한 장 달랑 걸치고 나오는 줄 알았더니……."

"완전 탤런트야. 미녀들은 텐프로에 다 모였다더니……."

사모님들은 또다시 끝 모를 수다를 쏟아냈다. 여자 셋이면 호랑이도 입으로 녹인다더니 별로 틀린 말은 아닌 모양이었다.

"우선 우리 홍 부장님부터 한 잔 받으세요."

장호가 코르크를 열자 콧날이 잔을 내밀었다.

"아닙니다. 이 안에서는 손님들이 왕이시니 당연히 왕께서 먼저 드시는 게 맞습니다."

공손히 병을 집어든 길모는 세 사모님의 잔을 기품 있게 채워주었다.

"아유, 말본새도 마음에 드네. 이제 한 잔 받아요."

콧날이 병을 받았다. 길모는 그녀들과 건배를 하고 한 모금을 넘겼다.

"관상왕이라시던데 우리가 왜 왔는지 아시겠어요?"

콧날이 잔을 내려놓고 물었다.

테스트 스타트!

길모는 부드러운 미소로 콧날을 바라보았다. 소감은 갑갑했다. 본바탕에 새로운 가죽을 뒤집어쓴 사모님. 딱히 콧날뿐만이 아니라 다른 두 여자도 마찬가지였다. 그녀들은 상당 부분 인조인간이었다.

'겉은 꽃인데 속은… 좋지 않군.'

콧날에게 꽂힌 길모의 눈빛이 훌쩍 구겨졌다. 내친 김에 그녀의 본 얼굴을 파고들었다. 허벅지까지 시원하게 내놓은 채 꼰 다리와 팔뚝의 살집 흔적들이 얼굴과 불균형을 그리고 있었다.

"……!"

결국 그녀의 원래 얼굴까지 감지한 길모가 흠칫거렸다. 두 가지 때문이었다. 첫째는 그녀의 본래 관상에서 엿보인 물장수 상과 형옥의 상. 두 번째는…….

성형 뒤에 서린 상이 보였다. 깎아낸 이마와 살을 붙인 코. 그러니까 원래는 넓은 이마에 칼날의 검봉비. 거기에 깊고 길은 눈…….

살상(殺相)!

십여 일 사이에 두 번이나 보는 살상. 송 회장과 그녀, 양 실장. 하지만 심정지를 일으킨 송 회장과는 달리 타인을 극한 살상. 즉 사람을 죽인 살인자의 얼굴이었다. 하나도 아니고 둘!

'헉! 중국 여행의 여독이 안 풀린 건가?

살상은 혹시 아닐 수도 있다 싶어 일단 묻어두었다. 슬쩍 봐도 재복궁이 빛나는 여자. 게다가 애교와 정감이 뚝뚝 떨어지는 여자가 두 번의 살인을 했다고는 믿기 어려웠다.

"따님 때문에 오셨군요."

길모는 사족을 빼고 간단히 대답했다. 가려운 곳을 긁어주는 게 웨이터의 역할. 정곡을 찌른 한마디에 세 사모님의 입이 쩍 벌어지는 게 보였다.

"그럼 혹시 딸의 무슨 문제로 왔는지도?"

바로 디테일하게 테스트에 들어가는 립스틱.

"혼사 문제로 보입니다만."

"어머어머, 완전 귀신이네. 노 사장님 말이 딱이야, 딱!"

립스틱이 모자의 몸을 흔들며 법석을 떨었다.

일단은, 재미났다.

길모의 느낌은 그랬다. 남자들에 비해 전격적인 반응. 즉시즉발의 솔직한 반응을 즐기는 것도 재미가 쏠쏠했다.

이때부터 사모님들은 관상의 매력에 푹 빠져 버렸다. 1번 룸은 바로 관상판이 되어버렸다.

"우선 복채예요."

콧날이 친절하게 노란 봉투를 내밀었다. 봉투까지 명품이다. 사소한 것까지 미리 준비한 정성이 놀라웠다.

"일단 넣어두시고 마음에 들거든 주셔도 됩니다."

길모는 점잖게 봉투를 미뤄두었다.

"어머, 매너 좀 봐. 다들 그저 돈부터 챙기고 관상이나 점괘는 칭찬 일색 아니면 혼란애매한 입담으로 사람 멍 때리게 만드는데……."

립스틱이 턱을 괴며 말했다.

콧날은 가방을 열더니 또 하나의 봉투를 꺼냈다. 그 안에서 나온 건 네 명의 총각 사진이었다. 더구나 정면 사진 하나가 아니고 좌우 측면 사진까지 합해 3장 한 세트를 이룬 사진. 관상을 제대로 보려고 작정하고 왔다는 증거였다.

"우리 딸 배필로 누가 좋을까요?"

콧날이 핵심을 물었다. 이미 온 목적을 알고 있는 길모. 그러니 이것저것 다 빼고 본론에 들어갔다.

"우선 따님 사진부터……."

"어머, 내 정신……."

"그리고 어떤 사윗감을 원하시는지는 말씀해 주셔야 합니다."

"어머, 그러네!"

콧날은 대단한 거라도 생각해 낸 듯 우아를 떨었다. 그러나 알고 보면 천박하다. 한때 물장수를 했지만 고급 물장수는 아니었다는 뜻.

"에이, 사윗감이 별거 있나? 딸한테 잘하고 장인 장모한테 잘하면 되는 거지."

한동안 관망하던 모자가 입을 열었다.

"그런가요?"

길모가 물었다.

신부에게 잘하고 가족에게 잘하는 것.

그건 인성 문제다. 그렇다면 성실한 사람을 고르면 그만이었다. 하지만 이들은 현재 관상으로 보아 돈에 치어 죽을 만큼 부자인 사모님들. 고작 그 정도로 성이 찰 리는 만무했다.

"그거야 기본이고… 우리 그이 눈에 들려면 능력이 있어야지."

딸 사진을 꺼내놓은 콧날이 당장 추가 사항을 내놓았다.

"얘, 그럼 밤일도 문제다. 우리 남편처럼 토끼똥 싸듯 찌질거리면 곤란하잖니? 이건 공진단부터 대보탕까지 보약이란 보약을 다 먹여도 고작 1분도 못 뛰고 바람이 빠지니… 외국에 자주 보냈더니 거기서 영계 끌어안고 진 다 빼고 오는 건가?"

남편이 있다?

그렇다면 재혼이다. 아니, 재재혼이다. 콧날의 관상이 그걸 말하고 있었다. 돈 많은 홀아비라도 후린 재재혼 대박인가? 그냥 넘기려다가 좀 세밀하게 파고 들어갔다.

콧날은 자매다. 상으로 보아 한 사람은 두 살 터울 언니였다.

그녀의 재물창고는 4년 반 전부터 본격적으로 차기 시작했다. 하지만 짚어보니 정당한 재물운이 아니라 불손한 소득이다. 남편 쪽에서 온 건 아니다.

더 놀라운 건 눈이다.

살상!

틀림없다.

여기서 정신이 번쩍 들었다. 여독이 있다고 해도 두 번이나 실수를 할 리는 없었다. 길모는 뜨끔한 마음을 감추고 미소를 지었다.

'연구 대상…….'

그러면서도 길모는 고개를 갸웃거렸다. 다른 것도 아니고 사람을 죽인 살상. 마음에서 놓아버리기 쉽지 않은 일이었다.

"얘가 지금 누구 염장 지르나? 난 1분이라도 합방 좀 해봤으면 좋겠다. 우리 그 양반은 나를 여자로 보지도 않는다니까."

중년의 사모님들, Y담도 거침이 없다. 남자들보다 더하면 더했지 덜하지는 않을 것 같았다.

"관상으로 그런 것도 되나요?"

콧날이 길모에게 물었다.

"밤일은 이 사람이 적격입니다."

길모가 사진 한 장을 집었다. 입술에 세로무늬가 또렷한 남자였다.

"이 사람이 정력이 세요?"

립스틱이 고개를 들이밀었다.

"입술에 세로무늬가 또렷하면 정이 많고 성감도가 좋습니다."

"어머어머, 옛날에 헤어진 애인 입술이 그랬는데……."

"아이고, 우리 윤 여사 복을 걷어찼구만."

사모님들, 자기들끼리 지지고 볶으면서 웃음을 터트린다. 그때마다 혜수는 조용한 미소나 적절한 한두 마디로 추임새를 넣어주었다.

"그, 그럼 바람둥이는요? 이중에서 누가 바람둥이 관상인가요?"

여자들의 관심은 역시 그쪽일까? 립스틱이 침을 튀며 물었다.

길모는 맨 끝의 사진을 뽑아 들었다. 입술이 크고 두텁되 허술해 보이는 청년이었다. 이런 상을 가진 사람은 정력이 왕성해서 음란에 빠질 가능성이 컸다. 누구든 치마 입은 사람을 보면 땡기는 것이다.

"양 실장, 이 사람은 열외시키자. 바람둥이는 안 되잖아?"

립스틱이 사진을 가리키며 열을 올렸다. 콧날도 동의하면서 입 큰 남자는 졸지에 후보군에서 제외되었다.

"저기……."

이번에는 모자가 길모를 바라보았다. 셋 중에서는 그나마 좀 조신한 태도의 사모님이었다.

"애 딸이 시집살이는 싫어하거든요. 혹시 부모님을 모시는 관상도 나오나요?"

시부모 모시기!

여자들의 관심사가 또 나왔다. 시집의 시자만 들어가도 정색하는 여자들이다. 길모는 주저 없이 또 한 장의 사진을 뽑아들었다.

"그 사람은 장남도 아닌데?"

지켜보던 콧날이 물었다.

"이 사람은 귀낭이 나오지 않지요? 이런 상은 장남이 아니라 차남, 삼남, 아니 막내라고 해도 부모를 모십니다. 아울러 코가 가늘고 뚜렷한데다 입까지 작으니 어머니에게 의존적이지요. 부모님 모실 확률이 아주 높습니다."

"어머어머, 우리 남편 귀가 저렇잖아? 그래서 내가 시어머니 모시느라 폭삭 늙어버렸고."

호들갑의 주인공은 립스틱이다. 슬쩍 그녀를 바라본 혜수가 피식 웃었다. 늙기는커녕 얼마나 돈을 발랐는지 30대 중반이라고 해도 믿을 동안이었다.

이렇게 해서 후보자는 두 명으로 좁혀졌다.

"그럼 그 둘 중에서 성공할 상은 누구죠?"

후보군이 줄어들자 콧날의 몸이 달아오르기 시작했다.

"사모님 생각은 누구일 거 같습니까?"

"에이, 내가 그걸 알면 홍 부장님 안 찾아왔지요."

"찍어도 괜찮습니다."

길모가 다시 선택을 권했다. 이유가 있었다. 아까부터 콧날의 눈이 한 사진에 머물고 있었기 때문이었다. 마음에 있다는 얘기였다.

"나는 사실 이 사람인데……."

콧날은, 길모의 예상대로였다.

첫 인상이 좋은 청년!

그의 얼굴은 윤기가 돌았다. 게다가 피부도 좋아 여자들에게 인기를 끌 상이다. 하지만 길모는 콧날의 기대를 박살 내버렸다.

"그 사람은 운이 막힌 상이라 크게 성공하기는 어려울 상입니다!"

"……?"

실망한 콧날이 파뜩 고개를 들었다.

"혹시 사모님, 그 사람의 눈썹이 마음에 든 거 아닙니까?"

"어머, 어떻게 알았어요? 인상도 좋지만 눈썹이 고와 보여서……."

"대충 보면 그렇게 보일 수도 있지요. 이런 걸 버드나무 잎에 비유하는데… 이 눈썹을 가진 사람은 마음이 약해서 큰 운을 다스리기 어렵습니다."

"그럼 이 사람은 성공하는 관상인가요?"

마음이 급했을까? 립스틱의 손이 마지막 후보자를 가리켰다.

그의 상은 좋았다.

콧등이 볼록 솟았으니 실행력 유(有)!

눈썹이 진하니 리더십에 더불어 대기만성형.

큰 입에 아랫입술이 두터우니 도량이 넓고 생기가 강력.
눈썹 위에 콧날이 도톰하니 난관 극복력 탁월.

"어머, 그럼 최고의 신랑감이네!"

립스틱이 좋아라 손뼉을 쳤다.

"그럼 이 사람이 낙점인가요?"

사진을 집어든 콧날에게서 흐뭇함이 배어나왔다.

"죄송하지만……."

길모는 잠시 말을 끊었다가 이어나갔다.

"따님과 어울리기는 하지만 결혼은 시키지 않는 게 좋습니다."

"네? 왜요? 다 괜찮다면서요?"

"거기까지는 좋은데… 이게 문제입니다."

길모의 손이 남자 미간을 가리켰다. 사모님들의 시선도 사진으로 향했다.

"숨은 주름이오? 내 눈에는 안 보이는데?"

콧날이 묻자 길모는 고개를 저었다.

"머잖아 겉으로 드러날 겁니다. 바로 이혼 주름입니다!"

"……!"

결혼하지 말라는 이유로 이보다 더 명쾌한 말이 있을까? 세 사모님은 눈만 꿈벅거릴 뿐 뭐라고 입을 열지 못했다.

실망하는 콧날 양 실장. 길모는 잔잔한 미소로 그녀와 눈빛을 맞췄다. 방금 전의 말을 사실 새빨간 거짓말이었다. 마지막 후보의 관상은 사윗감으로 완벽했다. 그래서 양 실장을 속였다.

이유가 있었다.

바로 양 실장의 숨은 관상에서 두 번이나 읽었던 살상. 길모는 마지막으로 한 번 더 확인했다.

"……!"

사악하다.

맹세코!

여독으로 인한 실수가 아니었다. 두 번의 살상은 분명했다. 확신을 하고 나니 갈 길도 명백해졌다. 척 보기에는 아이스크림처럼 부드러운 이 여자. 정이 뚝뚝 묻어나는 친절에 붙임성까지 장착한 애교 덩어리. 하지만 두 개의 살상을 가진 자라면, 이 보물 청년을 사위로 안길 수는 없었다.

'연구 대상이 아니라 집중 상담 대상!'

길모는 양 실장의 등급을 격상시켰다.

"그리고… 따님이 혹시 얼굴 성형을 하지 않았습니까?"

"그, 그건 왜요?"

"제가 볼 때 따님은 지금 혼기가 아닙니다. 따님께서 일에 미쳐 있지요? 제 생각으로는 4년 후에나 혼사를 마련해 보시기 바랍니다."

"어머!"

길모의 말을 들은 립스틱이 입을 막으며 자지러졌다.

"알았어요. 딸이 쉬는 날 오거든 얘기 좀 더 들어볼게요. 그렇잖아도 결혼 생각 없다는 걸 다른 점쟁이 말이 이 달에 귀한 사윗감을 만날 거라고 해서 밀어붙였는데……."

콧날은 수긍하는 듯 고개를 끄덕거렸다. 쉬는 날 온다. 그렇다면 딸은 독립 생활을 하고 있었다.

'귀한 사윗감.'

길모는 무엇보다 그 점쟁이가 궁금해졌다. 사진 속에 귀한 사윗감이 있었기 때문이었다. 그걸 맞출 정도라면 보통 수준이 아닌 것 같았다.

"그나저나 홍 부장님, 진짜 용하시다. 저기… 혹시 출장 관상은 안 보시나요?"

양 실장이 물었다.

"원래는 안 합니다만 좋은 사윗감을 골라드리지 못했으니 사모님이 원하시면……."

길모는 가능성의 문을 살짝 열어놓았다.

양 실장이 지갑을 열었다. 이어 봉투에 수표 한 장을 더 담았다.

"기분 좋아서 팁 더 넣었어요. 다음에 오실 때 기름값에 보태셔야죠!"

길모는 군말 없이 봉투를 받아 들었다. 어차피 본 게임은 다음에 벌어질 판. 그러니 그녀의 기분을 건드릴 필요가 없었다.

"다음에 또 올게요."

사모님들은 흡족한 얼굴로 카날리아를 떠났다.

'양세하…….'

길모는 훗날 양 실장이 주고 간 명함을 보았다. 글로벌 명품의 한국대리점 운영자. 그녀의 숍은 청담동 한가운데 자리 잡고 있었다.

'명품 사업가라고?'

길모는 그녀가 사라진 도로를 보며 중얼거렸다.

'이중인격자… 제대로 포장을 했군. 하지만 나는 알고 있어.'

검은 봉지 하나가 바람에 날아오르자 길모는 잠시 멈췄던 말을 이었다.

'당신의 불손한 과거…….'

음산한 바람과 조화를 이루는 길모의 미소가 더 없이 섬뜩해 보였다.

"어때?"

룸으로 돌아온 길모가 혜수에게 물었다.

"정신없어요. 아줌마들이란……."

혜수는 고개를 저었다. 그녀들의 수다에 홀린 모양이었다. 그러면서도 수첩에는 뭔가가 깨알처럼 적혀있다. 그 와중에도 필요한 건 죄다 적은 그녀였다.

"여자는 남자상과 반대라고 하셨죠?"

"응."

"그리고 남자는 눈, 여자는 입."

"그렇지."

"세 사람 다 입술이 두툼하고 길었어요. 길상이죠?"

혜수, 시키지도 않았는데 여자 관상의 핵심까지 짚어냈다.

"혹시 셋 중에 자녀가 없는 사람이 누군 줄도 눈치챘어?"

"모자 쓴 사람요. 입이 살짝 돌출된 느낌이었어요."

"맞았어. 튀어나온 건 죄다 외로울 고(孤)이니 자식운이 박할 상에 입술에 주름이 없으니 그 또한 자식 인연이 없는 입술!"

"내 입술은 어때요?"

받아 적던 혜수가 얼굴을 내밀었다. 이럴 때 보면 그녀도 천상 여자다. 자기 운명이 궁금하기는 마찬가지인 모양이었다.

"좋아. 무지무지하게."

"피이, 농담이죠?"

"뭐 다른 거 발견한 건 없어?"

길모가 물었다.

"제가 못 본 게 있군요?"

"아니, 그냥……."

길모는 말끝을 흐렸다. 길모가 읽어낸 치명적인 살상. 그걸 혜수에게 기대하기는 아직 무리였다.

입술은 두툼해야 좋다.

입술에 가는 주름이 많으면 자식을 많이 둔다.

입술은 붉어야 귀격(貴格)이다.

양쪽 입술 끝이 살짝 올라가면 귀격이다.

윗입술이 얇으면 가볍고 말이 많다.

입술 윤곽이 흐리멍텅하면 정조관념이 약하다.

입술이 뾰족하게 튀어나오면 고독할 상이다.

입술이 허여멀건 하면 운이 박하다.

길모는 내친 김에 입술에 대한 관상 포인트를 몇 가지 일러주었다. 거기에 덧붙여 한 가지, 입술에 검은 점이 있는 사람 앞에서는 술 자랑을 삼가라. 그는 필연 술을 좋아하는 사람이니 말

술도 마다하지 않을지 모른다.

입 관상을 정리하고 복도로 나오자 심심풀이 검색을 하는 장호가 보였다.

"하는 김에 이 사람도 검색 좀 해봐라."

길모는 양 실장의 명함을 뽑아주었다.

[아까 그 사모님이잖아요?]

"해봐."

길모의 말이 떨어지기 무섭게 장호의 손가락이 날아다녔다. 화면에는 바로 홈페이지 하나가 떴다. 양 실장의 명품숍이었다.

[우와, 명품 종합관이에요. 그것도 강남에서 제일 큰 걸로… 무지 부자인가 본데요?]

장호의 눈이 휘둥그레졌다.

"숍 말고 관련 기사들도!"

장호의 손은 또다시 화면을 날았다. 관련 기사도 꽤 많았다. 하지만 쓸 만한 건 없었다. 죄다 명품 관련업체의 기사에 낀 기사들이고 사진도 대동소이했다.

[형!]

그쯤에서 장호가 눈치를 깐 모양이다. 눈빛이 긴장하고 있었다.

"그래."

길모는 고개를 끄덕여 주었다. 장호에게까지 비밀로 할 필요는 없었다.

[겁악제빈요?]

“아마!”

[우와, 그렇게 안 보이던데?]

“그 여자, 정태수와 하 사장… 다 같은 과야.”

[완전 성형요?]

“다는 아니고… 어쩌면 이름도 개명한 건지도 모르겠다.”

[이름까지요?]

장호의 미간이 점점 더 구겨졌다.

“뭐 떡밥은 던져 놓았으니 연락이 오겠지.”

길모는 양 실장의 명함을 보며 빙긋 웃었다. 먼저 껄떡거리는 건 왕의 품위가 아니었다. 느긋하게, 더욱 느긋하게. 일단 그녀의 마음을 흔들어놓은 길모는 결코 서두르지 않았다. 그녀의 눈에서 읽은 살상(殺相)이 마음에 걸리긴 해도.

잔뜩 날이 흐린 밤, 일과가 마감될 때쯤 반갑지 않은 손님이 찾아들었다.

폭력배 서강국이었다.

두 거물 조폭들의 충돌 일보 직전으로 뒤숭숭하던 카날리아. 그 일이 잊혀져 갈 시간에 다시 찾아든 이 불나방 한 마리에 가게는 다시 술렁이기 시작했다.

더구나!

그는 이제 꼼짝없이 길모의 손님이었다. 한 번 거래를 튼 사이. 방 사장도 어쩔 처지가 아니었다.

NO!

여기저기서 소리 없는 사인이 날아왔다. 뺀찌 놓아 돌려보내라는 의미였다.

"룸으로 가지!"

그는 분위기 따위는 아랑곳하지 않았다. 오늘도 어김없이 그 뒤에 포진한 대여섯 명의 주먹들. 여차하면 가게를 쑥밭으로 만들겠다는 눈빛도 여전했다.

"모시겠습니다."

길모, 서강국에게 룸을 가리켰다. 중국에 가 있었다면 모를까 피할 수 없는 일이었다.

"술!"

"여자는 하나만!"

"앉아!"

술이 들어오고, 혜수가 들어오고, 길모가 그 앞에 앉는 데까지 딱 세 마디면 족했다. 그는 혜수가 술병을 들 때까지 오직 길모만 노려보고 있었다. 그러다,

"그 잔 말고!"

돌연 양주잔을 거부하는 서강국.

길모는 혜수에게 눈짓을 보내 물 잔을 가리켰다. 혜수가 그 잔에 술을 따르자 서강국은 군말 없이 원샷을 했다.

"한 잔 더!"

혜수는 또 한 잔을 부었다. 서강국은 세 잔을 마셨다. 과거 주먹들이 흔히 쓰던 삼 배 기본이다. 습관이란 제2의 천성이니까.

턱!

다음으로 그 물 잔이 길모에게 건너왔다. 서강국은 혜수에게 턱짓을 했다. 따라라, 눈은 그렇게 말하고 있었다.

길모는 혜수가 곤란할까 봐 먼저 잔을 들었다. 그게 채워지자 또한 단숨에 들이켰다. 진상처리 시절에 많이 해본 일. 목이 뜨끔하기는 했지만 큰일이 날 것도 아니었다.

"어이!"

길모의 잔이 비워지자 서강국이 주먹들에게 신호를 보냈다. 주먹 하나가 또다시 무식이 줄줄 흐르는 살벌한 나이프를 꺼내 놓았다.

"……."

침착한 혜수도 움찔거리는 게 보였다. 핏자국 때문이었다.

나이프는 흰 천에 쌓여 있었다. 그날, 끝내 칼부림을 한 걸까? 룸 안은 서강국의 눈에 서린 살기만큼이나 살벌한 분위기로 변해갔다.

"그날 관상은 끝내줬다."

서강국의 입에서 처음으로 긴 문장이 나왔다.

"……."

"그날… 피를 보지 말라고 했던가?"

"예."

"피를 보면 내 아들의 미래가 작살이 난다고?"

"……."

"그게 궁금하면 예를 갖춰서 찾아오라고?"

"……."

"솔직히 이 정도면 예를 갖추고 있는 거야."

다리를 꼬는 서강국의 눈에서 섬뜩한 살기가 꿈틀거렸다. 평생을 피 튀기는 주먹판에서 살아온 그. 강하면 굽히고 약하면

밟았다. 그러니 술집에서, 그것도 웨이터에게 이 정도면 예를 갖췄다는 말도 틀린 말은 아니었다.

"동의하나? 안 하나?"

"사람이란 마무리가 중요하지요."

길모는 담담하게 대답했다. 그의 입으로 예를 갖췄다고 표현했다면 길모를 대우하고 있다는 뜻. 그렇다면 당장 카날리아를 엎으려는 건 아닌 것 같았다.

"그 마무리는 홍 부장, 네 능력에 달려 있다!"

"……?"

"밖에 나가봐라. 계속 예를 갖출지 말지는 그 다음에 결정한다!"

"부장님!"

혜수가 낮게 말했다.

"괜찮아. 손님 모시고 있어."

길모는 엷은 미소로 혜수를 안심시켰다.

길모는 어깨 둘의 호위(?)를 받으며 밖으로 나왔다. 지척의 유흥가에서 흘러나온 네온사인들이 아롱거리는 게 보였다.

밤이다.

이 밤은 낮보다 아름다워야 한다. 누구보다 웨이터에게는. 밤이 즐거움을 주지 않는다면 웨이터는 존재 가치가 없었다.

낮에는 누리지 못한 삶의 여흥. 그걸 채우는 게 웨이터의 의무였다.

세단 문이 열리자 뒷좌석의 남자가 보였다. 책을 보고 있다.

한없이 두툼한 책… 그는 아주 천천히 길모를 향해 고개를 돌렸다.

기린!

남자의 상은 그랬다.

길모는 일단 이마부터 보았다. 그는 행정고시를 볼 사람. 관운과 관련된 이마와 미릉골이 관건이었다. 다행히 이마는 넓고 고르게 보였다. 눈썹뼈인 미릉골 역시 두텁다. 월각에서 뻗친 기세가 미릉골까지 내려왔으니 부계가 아니라 모계의 덕이었다.

하지만 이마가 살짝 삐뚤고 흉터가 보였다. 관록을 얻기는 하나 큰 관직을 누릴 운은 아니었다.

'될 놈이긴 하군.'

얼굴 전체를 읽어낸 길모가 세단에서 돌아섰다. 이때의 길모는 나올 때와 달랐다. 촉을 잡았다. 그걸 아는 건 길모뿐이다. 그러니 이제는 호령할 순간이었다.

"가서 서강국 씨를 오라고 하세요!"

길모는 그 자리에 선 채로 부하들에게 명령했다. 그건 분명한 명령이었다.

"……?"

어깨 둘은 소스라치는 기색이 역력했다.

겁대가리 상실한 새끼!

눈동자에는 그렇게 박혀 있었다. 누구든 걸리적거리면 박살 내버리는 서강국. 지금만 해도 그렇다. 그는 수일 전에 연적을 담그고 온 길이다. 그런데 고작 웨이터 따위가 꼴갑을 떨고 있는 것이다.

"어이!"

어깨 하나가 어이없다는 표정을 지었다.

"못 들었나? 데리고 나오라고."

"뭐야?"

"데리고 나와. 그러면 서강국이 원하는 걸 준다고!"

길모가 기세를 올렸다. 뭘 믿고 이러는 걸까?

당장에라도 옥수수를 털어내고 싶지만 상대는 보스가 만나러 온 사람. 어깨들은 뒤로 물러서더니 그중 하나가 계단을 밟고 내려갔다, 잠시 후에 서강국이 나왔다.

"홍 부장!"

첫 마디부터 위협적이다. 이 또한 뒈지고 싶냐라는 뜻이었다.

"그래도 자식 위하는 마음이 갸륵해 방법을 알려주려고 했는데 태도를 보니 다시 생각해 봐야겠군요."

길모는 서강국을 지나쳐 걸었다. 그러자 그가 길모의 어깨를 잡으며 돌려세웠다.

"방금 뭐라고 했나?"

"당신 아들… 고시 합격을 위해 온 거 아니었나요?"

길모의 포스가 작렬하기 시작했다.

"방법이… 있나?"

서강국의 목소리가 조금 낮아졌다.

"당신이 예를 갖춘다면!"

"우리 애들이 실수를 했나?"

"나는 지금 당신을 말하고 있습니다. 대저 하늘의 뜻을 묻는 사람이 이토록 고압적인 경우는 본 적도 들은 적도 없습니다. 설령 대권에 도전하는 사람도 그걸 물을 때는 공손히 굽히거늘!"

다시 한 번 길모의 눈에서 불꽃이 튀었다.

"결례를 했다면 용서하시게!"

서강국의 말투가 완전히 변했다. 이어 길모를 향해 까닥 고개까지 숙였다.

'패를 잡았다!'

길모는 확신했다. 고개를 까닥하는 수준이었지만 제대로 예를 갖춘 것이다.

"우선 묻겠습니다."

"말씀하시게."

"피를 묻혔습니까?"

"묻히긴 했지만 내 손은 아니었네."

서강국의 눈이 뒤편에 버티고 선 어깨를 가리켰다. 부하를 시켜 처리했다는 뜻이었다. 영리하다. 그 또한 길모의 말을 염두에 두고 있다는 것.

"죽였나요?"

"NO! 다시 그 짓을 못하게 거시기만……."

"……!"

가슴이 철렁했지만 내색하지 않았다.

거시기에 위해를 가했다. 그런데도 서강국은 건재하다. 그렇다면 상대가 신고하지 못했다는 의미.

어쩌면 가능한 일이기도 했다. 남의 와이프와 놀아나다 걸렸을 그 수컷, 상대가 천하의 서강국이었으니 후환도 두려웠을 것이다.

"받으세요!"

길모가 헤르프메의 명함을 던졌다.

"기부재단?"

"오는 길에 코딱지만 한 덕을 베푸셨죠?"

"덕?"

"약 세 시간 전."

"세 시간 전이면… 길바닥에 쓰러진 노인을 병원으로 옮겨준 것밖에는……."

"그 작은 선행이 당신 후손의 횡액선에 작은 숨통 하나를 남겨놓았습니다."

"……?"

"여기 올 때 아드님에게 복통이 있었죠?"

"그, 그것도 알아?"

복통!

그건 서강국 아들의 눈꺼풀 위에서 얻은 답이었다. 그곳이 심하게 어두웠던 것. 눈꺼풀 위라면 위장을 상징하는 곳이다.

"하지만 선행을 한 후에 거짓말처럼 멈췄을 겁니다."

"……."

"맞습니까? 틀립니까?"

"맞, 맞네."

대답하는 서강국의 이마에서 식은땀이 흘러내렸다.

"재백궁을 보니 돈은 넉넉하시죠? 앞으로 칼부림을 않고 선행을 이어가면 횡액선에 남은 숨구멍이 커질 겁니다. 그렇게 되면 아드님의 관운도 열릴 것으로 봅니다."

"기부를 하라면 대체 얼마나?"

"작보(雀步), 즉 참새 걸음을 하면 그만큼 나갈 것이오, 학보(鶴步), 즉 학 걸음을 하면 또 그만큼 나갈 일. 뿌린 대로 거둘 것이니 그건 당신의 그릇이 결정할 문제입니다!"

길모가 잘라 말했다.

"그러면 우리 아들이 합격하게 되나?"

"미릉골을 보니 관운은 3년 안입니다. 그때를 놓치면……."

길모는 고개를 좌우로 흔들었다. 떨어진다. 그 말이었다.

"……."

"가세요. 이제 여기는 다시 올 필요 없습니다."

처분을 내린 길모가 가게를 향해 돌아섰다.

서강국은 길모가 가게 안으로 사라진 후에도 움직이지 않았다. 그러다 바람이 불어와 손바닥 위의 명함을 날려 버렸다. 서강국은 허리를 굽혀 명함을 주웠다.

'귀신이군. 믿지 않을 도리가 없어.'

그는 혼자 고개를 끄덕였다. 그리고 그 자리에서 텔레뱅킹을 시작했다.

"너 진짜 이거다. 중국 다녀오더니 더 멋있어진 거 같다!"

서강국이 얌전히 물러가자 방 사장이 엄지를 세워 흔들어주었다.

[에이, 언제는 구박만 하더니…….]

"저놈 뭐라냐?"

장호가 여유 섞인 수화를 날리자 방 사장이 길모를 바라보았다.

"사장님 멋지다고요."

"어째 아닌 거 같은데?"

방 사장도 눈치는 있다. 그는 장호를 슬쩍 째려보며 중얼거렸다.

마지막 손님을 마감한 길모는 장호, 승아와 셋이 도가니탕 집으로 들어섰다. 승아가 손님에게 받은 팁으로 한턱낸다고 고집을 부렸기 때문이다.

모아서 캄보디아 동생의 학비에 보태라고 했지만 듣지 않았다. 그녀로서도 한 번쯤 기분을 낼 필요가 있었기에 길모는 군말 없이 따라 들어왔다.

"그래. 기왕 이렇게 된 거 팍팍 먹어주자."

길모는 책상다리를 하고 앉았다.

[마음대로 시켜.]

승아는 5만 원권 몇 장을 흔들었다.

사실 에이스들에 비하면 승아의 팁은 보잘것없었다. 게다가 팁도 곁다리였다. 에이스에게 줄 때 따라서 주는 꼴이었다.

그래도 승아는 누구보다 고맙게 받았다. 캄보디아에서 워낙 가난하게 자란 승아였다. 더구나 진상처리 전문 아가씨에, 가불이 밀려 즉빵집까지 갈 처지에서 벗어나다 보니 요즘은 매사가 고마운 그녀였다.

[동생들 병은 많이 나았어?]

장호의 수화가 작렬하기 시작했다.

[응, 저번 수술이 무척 잘됐대.]

[그럼 다시 학교 다닐 수 있겠네?]

[그렇대. 이번에 경과가 좋으면 병원에 자주 가지 않아도 된대.]

[그럼 캄보디아에 한 번 가봐야 하는 거 아니야? 동생들도 보고?]

[동생들도 보고 싶지만 길모 오빠가 먼저니까. 오빠 덕분에 동생들이 나은 거잖아? 게다가 중국 여행도 다녀왔고…….]

[음, 뭐 그렇긴 하지.]

[너도 고마워.]

[내가 뭘.]

[아니야. 소림사에서 너도 얼마나 멋졌는데… 오토바이 바다 당!]

[헤헷, 내가 오토바이는 좀 타지.]

물 만났다.

둘의 수화는 현란하게 움직였다. 이제는 눈에 익은 길모조차도 따라잡기 어려운 속도였다.

“야, 눈 빠지겠다. 좀 천천히 해라.”

[형, 질투하는 거예요?]

“죽을래?”

[에이, 질투하는 거 맞네.]

“그래. 나는 도가니나 먹을 테니까 너희는 허공에다 수화 연주나 해라.”

길모는 수육 접시를 당겨 큼지막한 도가니 조각을 집어 들었다.

[엄마 아빠가 오빠한테 정말 고맙다고 전해달래요. 그리고 시간 있으면 언제 캄보디아에 놀러오라고…….]

"캄보디아?"

[형, 우리 다음에는 단체로 캄보디아로 가요. 캄보디아면 태국 옆이거든요. 인도차이나 반도…….]

"태국 옆이라고?"

도가니를 입에 문 길모가 고개를 들었다.

태국!

다녀오긴 했지만 어디 붙었는지도 정확히 모른다. 그저 방 사장이 티켓을 주길래 장호가 챙겨준 여행 팁을 듣고 떠났을 뿐. 그런데 캄보디아가 그 나라 옆이라니?

"그러자. 까짓것……."

[그럼 여름휴가 때 가는 거예요.]

장호가 바삐 수화를 그렸다.

"아예 우리 이참에 여행사 차릴까?"

[에헷, 그건 아니고…….]

"캄보디아는 비용이 얼마나 드냐?"

[뭐 승아네 집에서 숙식 해결하면 여섯 명이 가도 500만 원 정도… 실컷 먹고 놀아도 800만 원이면 될 거예요.]

800만 원!

어떻게 보면 저렴한 가격이다. 한때는 100만 원이라는 단어가 동그라미 여섯 개의 숫자만큼이나 까마득해 보이던 길모. 하지만 이제 사단의 미래를 위해 800만 원 정도는 큰 부담이 아니었다.

'캄보디아라…….'

중국을 다녀온 지 얼마나 되었다고 마음이 캄보디아로 날아갔다. 그러다 그 공상을 비집고 쨍그랑, 잔 깨지는 소리가 들려왔다.

"……?"

길모네 3인방이 고개를 돌렸다. 소리의 진원지는 주방이었다.

"알았어요. 마음대로 하세요. 나도 이제 더 버틸 힘도 없으니까!"

여주인의 흐느낌이 이어졌다. 전화기까지 떨어뜨린 그녀는 주방 테이블 위로 무너졌다. 그 위에 쌓인 설거지거리 잔들이 쏟아지며 더 큰 소리가 주방을 흔들었다.

와장창!

"괜찮으세요?"

길모가 다가가 물었다. 그녀는 대답하지 않았다. 지친 어깨를 들썩이며 울먹일 뿐.

길모는 장호를 불러 깨진 잔을 쓸어 모았다. 싼 음식이 아니라 자주는 못 왔지만 그래도 나름 단골인 사이. 손님도 없는 상태라 모른 척 지나칠 수 없었다.

"미안해요. 홍 부장님!"

유리가 대충 수습될 무렵, 여주인이 눈물을 씻으며 일어섰다.

"괜찮습니다. 그보다 다치지 않게 조심하세요. 여기저기 유리 조각이……."

"까짓것 다치면 어때요? 이제 가게도 뺏겨야 할 판인데……."

"뺏긴다고요?"

길모가 물었다.

"어떻게 그렇게 됐네요. 목돈 좀 만지려고 큰 계에 들었다가 털리는 바람에……."

"계…요?"

"벌써 몇 년 됐어요. 이 동네 상인들 대부분이 당했죠. 거의 탈 때가 되었는데 계를 8개나 운영하던 계주가 튀는 바람에… 그거 받아서 가게 보증금, 대출금 갚으려 했는데 오히려 사채 막느라 가게를 내주게 생겼으니……."

여주인의 볼을 타고 흐르는 눈물 때문에 길모는 관상을 보게 되었다.

재백궁의 운에 먹구름이 낀 건 4년 반 전이었다. 그리고 지금까지 줄창 이어지고 있다. 남편을 일찍 여의고 3남매를 홀로 키운 여주인. 그녀에게는 필생의 시련이었다.

내친 김에 그녀의 유년운기부위를 짚어보았다.

'응?'

길모는 눈을 크게 떴다. 박복한 것 같지만 나쁘지 않았다. 아니, 뿐만 아니라 노년에는 운이 터질 관상이었다.

"경찰에 신고는 되었나요?"

한숨이 깊어지는 그녀에게 길모가 물었다.

"했죠. 하지만 그러면 뭐해요? 지금까지 깜깜무소식인데… 결국 처음에 100명도 넘던 피해자가 지금은 다 포기하고 나가지 아홉 명만 남았어요. 내 그 양가 년을 잡기만 하면…….”

양가!

그렇다면 양씨 성이다.

“혹시 그 여자 나이가?”

“내 또래예요. 왜요?”

‘또래라…….’

느닷없이 양세하의 얼굴이 떠올랐다. 그녀의 재물 창고도 4년 반 전부터 채워졌다. 그러나 노력이 아니라 불손하게 득한 재물…….

“혹시 그 여자 사진 있어요?”

“있지요. 한때는 내가 가게 문도 닫아걸고 그년 찾으러 다녔거든요. 애들 학교도 못 보낼 판이었으니 보이는 게 있어야죠.”

여주인이 고발장 복사본과 함께 낡은 사진을 내밀었다.

[아니네.]

장호가 바로 수화를 그렸다. 하지만, 길모의 반응은 반대였다.

‘이런!’

길모의 눈은 격하게 떨고 있었다. 그녀의 얼굴이 아닌 체형에 박힌 채.

체형!

길모가 누군가? 체형으로도 관상을 유추할 수 있지 않은가? 길모는, 눈을 감고 양 실장의 모습을 더듬었다. 그녀의 성형 속 얼굴… 그리고 여주인이 내민 사진… 둘은 거의 일치하고 있었다.

아아…….

길모는 있어서는 안 될 일에 소리 없이 몸서리를 쳤다.

악상!

길모가 읽어낸 상이 사진을 통해 그대로 보여지고 있었다. 넓은 이마와 칼끝처럼 선 검봉비. 그리고 안으로 깊은 눈… 이런 상이라면 자신의 득을 위해 몇 사람이라도 죽이고 남을 상이었다. 그런데 지금은 애교가 철철 넘치는 사업가…….

길모의 생각이 틀리지 않다면 대변신이었다.

퍼펙트한 변신!

"이 여자… 혹시 사람 죽였다는 소리들은 적 있나요?"

"어머, 어떻게 알아요?"

여주인이 놀라 돌아보았다.

"죽였어요?"

"잘은 몰라요. 그런데 같이 도망친 남자를 죽였다는 소문까지 돌긴 했어요. 그냥 소문이지만……."

"남자?"

"어휴, 하도 소문이 많아서 말도 못해요. 뭐 그 남자가 친구의 남편이라는 말도 있고 제부라는 말도 있고……."

'소문이 아니라 어쩌면…….'

사실일 수도.

* * *

디로동당동!

정오가 되기도 전에 길모의 전화기가 울었다. 보통 사람들과 비교하면 유흥계 종사자들에게는 달콤한 꿈나라인 한밤중. 발신자를 보니 양 실장이었다.

'미치겠군.'

잠이 채 깨지 않아 한숨부터 나왔다.

"여보세요."

별수 없이 목청을 가다듬고 전화를 받았다. 자느라 받지 못했다는 건 고객에 대한 예의가 아니었다.

—홍 부장님, 저 양세하예요. 기억하시죠?

양 실장의 목소리는 여전히 높고 명랑했다.

"아, 네……."

—혹시 지금 시간 좀 되세요?

"네? 지금요?"

—밥이나 한 끼 같이할까 해서요.

'이 아줌마가 정말…….'

한숨이 나왔지만 길모는 가볍게 주의를 환기시켜 주었다.

"죄송합니다. 저희가 워낙 새벽에 끝나는 직업이라……."

—어머, 그러네요!

"……."

—죄송해요. 전 텐프로처럼 럭셔리한 술집들은 새벽 한두 시면 끝나는 줄 알았어요.

목소리에서는 예의와 친절이 뚝뚝 떨어진다.

"아, 예……."

—그럼 저 때문에 잠자다 깨신 거예요?

당연하지. 하지만 그렇게 말할 수도 없는 길모.

"아닙니다. 일어나려던 참이었어요."

—그럼 기왕 실례한 김에 계속 실례할게요.

양 실장, 애교로 밀고 나온다.

—지금 일어나셨으면 점심은 좀 그렇고 서너 시쯤 괜찮으세요? 저 지금 출장 관상 의뢰하는 거예요. 부장님이 된다고 하셨잖아요.

화법까지 능수능란하다. 약속을 상기시켜 거절을 원천봉쇄하는 양세하.

'서너 시라…….'

안 될 것도 없었다. 게다가 도가니탕 여주인 때문에 호기심도 발동해 있던 터가 아닌가?

"실은 약속이 있긴 한데……."

그러면서 슬쩍 한 번 튕겨보는 길모. 몸이 달아오른 건 양 실장이니 이렇게 몸값을 올리는 것도 나쁘지 않았다.

—어머, 그 약속된 사람이 저보다 저 미인이에요?

"……."

—그거 미루시고 저한테 좀 와주세요. 이건 한 사람의 운명이 걸린 일이잖아요.

귀에 착착 감겨드는 애교. 잠시 혼란이 왔다. 내가 잘못 아는 건 아닐까? 이런 사람에게 어떻게 악상과 살상이 들었단 말인가?

하지만 실수일 리가 없었다. 무려 세 번이나 확인한 상이었다.

"따님 때문이신가요?"

—어머, 족집게! 부장님은 우리 딸이 만혼형이라고 했지만 그래도 부모 마음에 좋은 사람 만나 일찍 가면 좋잖아요. 정 안 되면 약혼이라도 해놓으면 마음이 놓이고…….

말투로 보아 수락하지 않으면 전화를 끊지 않을 기세다. 길모는 스케줄을 변경하는 것으로 하고 양세하의 출장 의뢰를 수락했다.

[도시락파 여왕이에요?]

덩달아 깨어난 장호가 물었다.

"그래."

[아우, 번갯불에 콩 볶아먹을 여자네.]

"피곤하면 더 자라. 나 혼자 다녀올게."

[됐어요. 어차피 잠 깨었거든요.]

"짜식, 그럴 줄 알았다."

길모는 장호의 등짝을 쳐 주었다. 더러는 귀찮을 텐데도 싫은 내색 한 번 안 하는 장호. 피는 섞이지 않았지만 형제보다 듬직한 장호였다.

해물 파스타!

청담동의 물가는 비쌌다. 아니, 어쩌면 양 실장이 자기 과시를 위해 일부러 비싼 곳을 찾았는지도 모른다. 그래봤자 국수 한 그릇인데 45,000원씩 해서 무려 9만 원이 청구되었다.

"아유, 싼 거라서 부장님 마음에 들까 몰라?"

양 실장은 다이아몬드 귀걸이를 쓸어 넘기며 우아을 떨었다.

'눈!'

길모는 살포시 웃어주며, 본능처럼 그녀의 눈을 확인했다. 여전히 벼락처럼 눈자위가 구겨졌다. 다시 확인해도 그 눈 안에 든 건 살상이 맞았다. 이 여자, 사람을 죽였다. 그것도 둘…….

살인!

이제는 아주 희미해졌지만 아직도 눈알에 살기가 어려 있다. 그 어떤 관상가도 읽어낼 수 없는 미세하고 미세한 눈의 기색. 그러나 길모는 달랐다.

"이 사람, 내 남편인데 관상 어때요?"

후식으로 루왁 커피를 마신 그녀가 부부 사진을 내놓았다. 커피는 자그마치 루왁이다. 길모도 말로만 듣던 커피였다.

"사향고양이 똥 커피가 최고!"

"웃기시네. 요즘에는 코끼리 똥 커피가 최고!"

어느 날 대기실의 에이스들이 논쟁하던 최고의 커피. 그래봤자 똥에서 나오기는 다 마찬가지. 그걸 듣고 있던 보조 승만이가,

"아예 너희들이 원두 먹고 싸라. 텐프로 에이스들 똥에서 골라 만든 커피라고 하면 회장님들이 오줌 질질 싸며 사지 않을까?"

라고 말하자 카날리아가 뒤집어진 날이 있었다.

'역시 난 둘—둘—셋의 자판기 커피 스타일…….'

루왁을 넘긴 길모가 웃었다. 값만 비싸지 딱히 매력적이라고 느낄 만한 요소가 없었다.

루왁 커피처럼 양 실장의 남편도 매력은 별로였다. 곰상이다.

하지만 큰 곰상은 아니다. 다른 것보다 눈이 마음을 끌었다. 눈동자가 크고 블랙이 강했다. 마음이 착하다는 표시다. 그러니까 이 남자, 어쩌면 양 실장에게 휘둘려 살고 있는지도 몰랐다.

"착하시군요. 사모님처럼 품성이 고와 남의 말 거절하지 못하는 게 단점입니다."

"아유, 관상에도 딱 나오네. 그래서 내가 속상하다니까요. 아무 여자가 부탁해도 다 들어주려고 하니……."

"……."

"말일까지 이태리 수입업체 점검차 출장 중인데 거기서도 인정을 줄줄 흘리고 다니는 건 아니겠죠?"

은근슬쩍 남편을 과시하는 양 실장. 길모는 그냥 웃어넘겼다.

"저는요? 밝은 곳에서 다시 좀 봐주세요."

양 실장이 귀밑머리를 넘기며 얼굴을 내밀었다. 웩, 하마터면 오바이트가 쏠릴 뻔했다. 아무리 원판을 뜯어고쳐 일대 튜닝을 해댔대도 중년의 아줌마. 너무 심하게 동안인 척하면 봐주기 어렵다.

'털린다!'

얼굴 기색을 읽어 내리던 길모, 잠시 숨을 멈추었다. 사업 쪽은 아니었다. 여자의 자녀궁에 흉액이 들었다. 그녀 자신에게도 흉액과 형옥(刑獄)이 가까웠다. 누군가 이 여자의 돈을 노리는 것이다.

하긴!

아무런들 어떨까? 길모 또한 이 여자에게는 횡액이 될 판이었다.

“중심을 잘 잡으셔야겠습니다. 여기저기서 재물 창고에 눈독을 들이니 확실한 게 아니면 금고 문을 꼭 잠그시기 바랍니다.”

“어머, 역시… 요즘 내가 좀 나가니까 동업하자는 사람들이 많은데 전부 사기꾼 같다니까요.”

‘그렇겠지. 남의 등을 쳐서 이룬 부이니 어찌 매사에 의심을 두지 않을까?’

“홍 부장님!”

양 실장, 갑자기 길모 손을 덥석 잡았다. 이 여자는 부드러우면서도 액티브하다. 딱히 따로 만난 것도 아닌데 어찌나 붙임성이 좋은지 친한 친구를 대하듯 굴었다.

“죄송하지만 나온 김에 남자 관상 한 번만 더 봐줘요.”

이제야 본론이 나왔다.

“사진 가져오셨나요?”

“아뇨. 이번에는 실물이에요.”

‘실물?’

“나가요. 아마 지금쯤 우리 숍에 와 있을지도 몰라요.”

양 실장은 가방을 들고 일어섰다. 밖으로 나온 길모는 그녀의 아우디에 올랐다. 장호는 소리 없이 그 뒤를 따랐다.

아우디가 멈춘 곳은 양 실장의 숍이었다. 명품거리의 숍 중에서도 규모가 좀 되는 곳이었다.

“김 변호사 왔니?”

양 실장이 번쩍거리는 숍 문을 열며 소리쳤다. 그러자 매장에 있던 아가씨가 단박에 대답했다.

“거의 다 왔다고 연락 왔어요.”

김 변호사!

양 실장이 찍은 사윗감인 모양이었다. 양 실장이 전화기를 꺼내는 사이에 그가 문을 열고 들어섰다. 훤칠한 키에 수려한 용모. 게다가 눈망울이 서글서글해 첫눈에 호감이 가는 청년.

'응?'

김 변호사라는 사람을 확인한 길모는 또 한 번 자지러졌다.

바로 그놈이었다.

윤창해를 등쳐 먹고 뭇 여자들을 헌팅하고 다니는 가짜 로스쿨 학생. 외모가 조금 바뀌긴 했지만 길모는 한눈에 알아보았다. 재미난 건 그는 길모를 모른다는 사실. 카날리아에 몇 번 오긴 했지만 이 부장의 손님이다 보니 따로 마주칠 일이 없었던 게 다행이었다.

'세상은 요지경!'

길모는 혼자 웃음을 삼켰다. 바야흐로 놈의 사기가 진화해 로스쿨 학생에서 변호사로 승격한 모양이었다.

"서로 인사들 해요. 여긴 내 비즈니스 조언하시는 홍 부장님. 그리고 이쪽은 내 법률자문 맡으신 김 변호사님."

양 실장이 가운데 서서 인사를 중개했다.

"반갑습니다. 인상이 아주 좋으시군요."

길모는 직업상 일단 띄워주기 신공부터 펼쳤다.

"아, 예… 고맙습니다."

그가 명함을 한 장 꺼내주었다. 명함에는 김태한 법률사무소 대표변호사라고 쓰여 있었다.

"우리 김 변은 최고의 실력자예요. 3년 전에 대학 로스쿨 수석 졸업에 판사 검사 시험 다 붙었지만 자기 능력 시험해 보고 싶다며 바로 개업했다지 뭐예요."

양 실장, 보아하니 김태한에게 완전히 꽂혀 있다. 아예 오줌이라도 지릴 태세다.

"김 변, 차 한잔하셔야죠?"

능수능란한 화술의 양 실장. 그녀는 안면 가득 미소를 머금고 김태한을 리드해 나갔다.

"아유, 아닙니다. 제가 늘 얻어먹었으니 한 번 쏘겠습니다. 언제 저녁에 시간 좀 내주세요."

"어머, 지금 데이트 신청인가요?"

"그럼요. 아, 제가 저희 어머니랑 닮지만 않았어도 대시해 보는 건데……."

"어머어머, 말만 들어도 행복하네."

"면전에서 드리기는 좀 그렇지만 진짜 포근하시면서도 화끈하십니다."

둘은 죽이 척척 맞았다. 길모는 그사이에 김태한의 관상을 다시 읽어나갔다.

'다시 봐도 사기꾼!'

길게 볼 것도 없었다. 아주 욕지기가 나올 정도로 난잡한 간문.

보아하니 조금 전에도 여자랑 뒹굴다 온 게 틀림없었다. 이 인간은 양 실장 같은 중년이 벗어도 품어줄 인간이다. 주머니에 쩐만 들어온다면 말이다.

어쨌든 그는 전문가였다. 지켜보자니 딱 필요한 대화만 하고 물러갔다. 여자와의 밀당 고수다운 자세였다.

"어때요? 법조인으로 대성할 관상이에요?"

김태한이 세단에 타기 무섭게 양 실장이 물어왔다.

"아, 예……."

"그렇죠? 저쪽 청담동 신보살이 그랬거든요. 사주보더니 입으로 먹고 살 사람이라고……."

"그럼 그분이 사진 속 남자들 사주풀이하신?"

"네. 이 동네에서는 용하다고 소문난 사람이에요."

청담동 신 보살.

틀리는 말은 아니다. 김태한은 입으로 먹고 사는 인간 아닌가? 아니, 어쩌면 거시기로 먹고 사는 인간이기도 하지만. 어쨌든 길모, 청담동 신 보살을 마음 갈피에 찔러두었다.

"우리 애하고 좀 어울려요?"

"괜찮습니다. 사모님 따님과 유유상종형이네요. 궁합관상이라는 게 서로 보완형이 최고지만 성향이 비슷해서 나쁠 것도 없지요."

"다른 건 문제 없어요? 어제 가게에서 물어본 거 같은 거……."

"당연히 없습니다."

길모는 흔쾌하게 대답했다. 이런 경우라면 관상이 틀려도 상관없었다.

악행으로 이룬 반석 위에서 부와 사치를 누리는 양세하.

여자라면 나이 불문, 얼굴 불문, 체형 불문하고 섭렵하면서 사기를 쳐대는 김태한.

그런 의미에서도 둘은 끝내주는 한 쌍의 바퀴벌레가 맞았다. 등치는 데는 이골이 난 유전자끼리의 결합이니 무엇이 이보다 유유상종일 것인가?

"아유, 싹싹하기도 하셔라. 말하는 것도 마음에 쏙쏙 든다니까."

"그래도 따님 결혼은 만혼이……."

"알았어요. 나도 김 변 꼬셔서 약혼만 해두려고요. 아, 변호사씩이나 하는 사람이 약혼 깨지는 않을 거 아니에요? 그러고 난 후에 한 3—4년 정도 있다가 식 올리면 되겠죠?"

"아, 예……."

이번에도 주저 없이 대답을 했다.

사실 관상대로라면 양 실장의 딸은 서른여덟을 넘어서 결혼하는 게 좋았다. 하지만 세상은 관상대로 되지 않는다. 더구나 에미라는 인간이 이렇게 눈이 먼 바에야.

"이건 복채예요."

양 실장이 봉투를 내밀었다. 길모는 군소리 없이 받아 챙겼다.

"제 차에 가 계세요. 일 좀 마무리하고 금세 태워다드릴게요."

기분이 좋아진 양 실장이 문을 가리켰다.

"아닙니다. 그냥 가도 됩니다."

"어머, 그러면 안 되죠. 우리 딸의 운명을 점지해 주신 분인데……."

"그래도 바쁘실 텐데……."

"그러시면 저 섭섭해요. 태워다드릴 기회 주시는 거죠?"

양 실장이 고집을 부렸다. 길모는 못 이기는 척 수락을 했다.

실은 가방 때문이었다. 숍으로 올 때 뒷좌석에 놓인 가방이 길모의 눈에 들어왔다. 지퍼에는 앙증맞은 번호키가 달린 명품. 그걸 체크해 보려는 것이다.

일단 얌전히 아우디 조수석에 탔다. 그런 다음, 몸을 돌려 가방을 집어 들었다. 열쇠는 작지만 견고했다. 가방을 작살낼 생각이 없다면 열기 어려울 정도였다.

톡!

명품가방의 자물쇠도 길모 앞에서는 맥을 추지 못했다. 지퍼를 열자 이런저런 잡동사니가 보였다. 바닥까지 뒤지니 작은 수첩이 하나 나왔다.

"……?"

그 안에서 떨어진 사진 하나. 그게 길모를 긴장시켰다. 그건 바로 얼마 전, 도가니탕 여주인이 보여준 퇸 계주의 낡은 사진, 그것이었다.

'젠장.'

한 번 더 확인하자 몸이 오싹해 왔다.

이제 남은 확인은 살인. 그거야 물론 몇 년 전의 일이니 차 안에 증거 따위가 있을 리 없었다.

길모는 지갑에서 양 실장의 주민등록증을 꺼냈다. 도가니탕 여주인이 말한 것과는 얼굴도 이름도 달랐다. 상관없었다. 얼굴은 성형을 했다. 이름도 개명을 하면 다를 수 있었다.

그런데!

주민번호까지 달랐다. 길모는 도가니탕 집에서 찍은 고발장 복사본을 열어 확인했다. 거기 주민번호가 있었던 것이다.

'주민번호가 다르다?'

생각에 골똘할 때 문자가 거푸 들어왔다.

—형, 인조인간 나와요!

장호였다.

제3장
천필염지(天必厭之)—하늘의 징벌

'어떻게 된 걸까?'

카날리아 앞에서 내린 길모는 그때까지도 골똘하고 있었다. 가방에서 본 사진의 체형으로 보아 그녀는 양재숙이 분명했다. 그런데 주민등록증의 번호가 달랐다.

'두 살 터울 나는 언니…….'

관상으로 파악된 그녀의 언니. 그렇다면 둘 중 하나가 언니의 것이라는 추측이 가능했다. 확인해 보니 도가니탕 여주인이 보여준 서류의 것이 두 살 많았다.

답이 나왔다.

양세하, 즉 양재숙은 무려 수십 억에 달하는 거액의 계를 파투내고 튄 악질 계주. 그녀는 애당초 언니 이름으로 행세하며 계주 노릇을 했다. 먹튀가 되려고 작심을 한 모양이었다.

그 결과 언니는 지명수배가 되었고 덕분에 양재숙은 새로 태어났다.

거액을 가지고 개명을 하고 성형을 했다. 남편도 새로 얻고 명품 사업가로 변신해 화려한 새 삶을 찾았다.

그럼 언니는 어떻게 된 걸까?

여자들의 경우에는 이런 일이 가능하다. 경찰의 불신검문도 대개 남자를 중심으로 이루어진다. 따라서 언니가 깊은 산골 같은 데 조용히 처박혀 산다면 들통 날 가능성도 낮았다.

'기가 막히군.'

길모는 혀를 내둘렀다. 이렇게 치밀한 여자라면 관상에 남은 살인의 흔적은 의심할 여지가 없었다.

살인!

누구를 죽인 걸까?

길모는 긴장하지 않을 수 없었다.

카날리아에 들어서자 방 사장이 길모를 불렀다.

"한 가지 묻자. 너, 진작 알고 있었지?"

오 양 얘기다.

"……."

"말해봐."

"눈치는 채고 있었습니다."

"아무튼 면목 없다. 천천히 장부 전부 조사해서 너희들 매상 손댄 거 있으면 보전해 주마."

"……."

"아, 이거 진짜 사람 쪽팔리게시리… 그렇잖아도 마담이나 애들이 걸핏하면 장난질 치길래 친척을 데려다 앉힌 건데 말이야."

"카운터는 계속 목화로 갈 건가요?"

"구하는 중이다."

"새 아가씨 데려오면 제가 무료로 관상 봐드리겠습니다."

"그래라. 신세 좀 지자."

"대신 복채가 있습니다."

"뭐, 주지."

"지금 선불로 좀 주시면……."

"선불?"

"복채대신 이걸 좀 알아봐 주십시오."

길모는 이때다 싶어 양 실장의 주민번호 두 개를 내밀었다.

신원 조회!

불법이다. 요즘은 현직 경찰들도 지인들 부탁에 손사래부터 젓는다.

개인정보가 강조되면서 생긴 일. 그러나 방 사장은 달랐다. 신원 조회 같은 건 그야말로 껌에 불과한 일이었다.

"사인하고 튄 인간이냐?"

"그건 아니고요, 꼭 좀 필요해서요."

"알았어. 거기 놓고 가."

"그럼 부탁합니다."

길모는 메모지를 책상에 두고 사무실을 나왔다.

능력자!

방 사장의 다른 이름이었다. 그는 한 시간도 되지 않아 길모에게 복채를 내밀었다. 양 실장 자매의 신원 조회가 나온 것이다.

[에? 정신병원요?]

프린터 물을 들여다본 장호가 파뜩 고개를 들었다. 양 실장의 언니, 양선숙에 대한 자료였다. 양재숙, 선숙 자매는 부모가 없었다. 그들이 어릴 때 일찌감치 세상을 떠났다.

그녀의 언니는 22살 때 혼인신고가 되어 있었다. 언니 역시 혼인기록은 두 번. 두 번째 결혼신고 후에 심한 우울증으로 정신병원에 입원한 것으로 되어 있었다.

한 번은 김창신!

또 한 번은 차기홍!

언니의 남편들 이름이었다.

김창신은 사망으로 나왔고 차기홍은 별다른 기록이 없었다. 그렇다고 둘이 이혼을 한 건 아니었다. 양 실장도 언니와 비슷한 나이에 첫 혼인신고를 했다. 양 실장의 결혼기록은 길모의 짐작과 달랐다. 2년 전에 결합한 남자가 세 번째가 아니라 두 번째였다.

'그럼 한 번은 사실혼으로 산 건가?'

고개를 갸웃거리는 길모. 집중해서 읽어낸 관상이 틀릴 리는 없었기 때문이었다.

길모는 윤표에게 문자를 넣었다. 내용은 양선숙과 남편 주거지 및 몇 가지 확인이었다.

디로롱동동!

며칠 쉰 덕분일까? 길모의 전화기는 오늘도 불이 붙었다. 받는 것마다 예약 전화였다. 그중에는 금고회사 선용주 사장의 예약도 끼어 있었다. 길모, 까맣게 잊고 있었다. 사찰에서 옛날 금고를 여는 데 일조한 일을.

선용주 사장은 이번에는 세 명을 데리고 왔다.

빠루질의 달인 이대윤과, 금고 따기의 대물 박공팔, 그리고 금고회사 개발부장.

"술부터 주시게. 비싼 걸로!"

선 사장은 바로 오더부터 냈다. 아가씨는 두 명만 필요하다고 해서 혜수와 승아를 붙였다.

"중국 갔다길래 벼르고 벼르다가 작심하고 마시러 왔다네. 오늘도 안 된다고 하면 여기 이 고문님의 빠루로 룸을 뜯어낼 작정이었네."

술을 한 잔 들이켠 선 사장이 웃으며 말했다. 얼굴 가득 서린 윤기를 보니 만사형통이다. 하긴 사찰의 금고를 열면서 두 가지를 충족시킨 그였다.

회사의 기술력 과시와 금고의 아이디어 차용!

"이거 홍 부장이 행운의 키인 모양일세. 그날 우리가 여기 들르지 않았으면 어쩔 뻔했나?"

선 사장은 다시 한 번 공치사를 했다.

"아닙니다. 그거야 다 박 고문님이 실력으로……."

길모는 겸손하게 응수했다.

"아무튼 정말 고맙네. 내가 약속대로 접대비 펑펑 퍼부을 거니까 최고 좋은 술로 몇 병 더 가져다놓게. 우리 이 부장은 속에 버터까지 바르고 왔거든."

버터!

술 못 마시는 술상무들이 전하는 전설의 비기.

술을 못 마시는데 술 접대를 할 일이 생겼는가? 그렇다면 30분쯤 전에 버터를 충분하게 먹어둬라. 여간해서는 취하지 않는다. 버터가 위에서 코팅 작용을 하며 알코올 섭취를 늦춰주기 때문이다.

그러나!

단점이 있다.

그 후의 일은 장담하지 못한다.

"아, 그리고 근간 금고 신제품 실험이 있을 거라네. 그거 보고 싶다고 그랬지?"

물로 입가심을 마친 박공팔이 길모를 바라보았다.

"예……."

"결정되면 알려줄 테니까 오시게. 그거 열면 상금도 푸짐하다네."

"상금이라고요?"

"상금이 3천만 원입니다."

개발부장이 끼어들었다. 3천만 원이라면 적은 돈은 아니었다.

[아, 3천만 원… 그거 형 거나 마찬가지인데……]

길모가 복도로 나오자 장호가 수화를 날려댔다.

"쉬잇!"

[알았어요.]

장호는 아쉬운 표정을 지었다.

중간에 들어가 들은 이야기지만 사찰에서 연 금고는 여러 가지 면에서 유용한 모델이라고 했다. 본시 새로운 아이디어는 고전에서 나올 때가 많은 법. 아날로그 금고의 결정판인 사찰 금고는 디지털 시대에도 신제품 개발에 큰 자산이 될 모양이었다.

3천만 원!

이날 길모는 선 사장 팀에게 3천만 원의 매상을 올렸다. 실제로는 2,900만 원이 나왔지만 선 사장이 모양 좋게 3천을 채워준 것이다. 금고열기 상금을 미리 탄 꼴이었다.

혜수와 승아, 장호 또한 짭짤한 팁을 챙겼다. 선 사장은 승아 타입이었는지 혜수보다 그녀의 팁이 더 많았다. 역시 사람은 저마다의 눈이 있다.

제 눈에 안경. 그렇기에 조금 잘난 사람도, 조금 못난 사람도 함께 섞여 살아갈 수 있는 것이다.

잠깐 여유가 생겼을 때 윤표가 찾아왔다. 길모는 룸에서 나와 계단을 올랐다.

"들어오지 않고?"

"에이, 거기 들어가면 눈 버려서……."

윤표가 어깨를 으쓱해 보였다. 예쁜 아가씨들이 많다는 뜻이었다.

"언제 하루 놀게 해줘?"

"진짜요?"

윤표가 반색을 했다. 이 녀석도 남자다.

남자의 로망!

그중 하나가 텐프로에서 양주 놓고 쭉쭉빵빵한 아가씨들과 무한폭주 해보는 것이다. 내숭 떨지 않는 미녀들과의 황홀한 하룻밤. 그건 모든 수컷들의 바람이 아닐까?

더구나 윤표는 카날리아의 직원이 아니다. 무슨 말인고 하니 카날리아에 대한 신비감을 간직하고 있다는 거다. 예를 들어 장호라면,

[됐어요. 그 시간에 잠이나 잘래요.]

하고 수화를 그려댈지 모른다. 아가씨들 옆에서 그녀들의 민낯과 행동을 죄다 들여다보는 장호. 그렇기 때문에 아가씨들에 대한 기대감은 별로 없었다.

하지만 윤표는 다르다. 스쳐 가듯 바라본 카날리아의 아가씨들은 윤표의 이상향이 되기에 충분하고도 남았다.

"언제 두어 명 데리고 와라. 내가 준에이스급으로 맞춰서 양주 두어 병 안겨주마."

"진짜요?"

"대신 딱 한 번이다."

"으아아, 형 짱, 짱!"

윤표는 엄지를 거듭 세워 보였다.

"그쯤하고 비즈니스!"

길모는 흥분한 윤표를 진정시켰다.

"언니하고 그 남편은 지금 행방이 묘연해요. 지명수배된 걸 알았는지 전입이나 전출도 없고요."

"헛물이냐?"

"그건 아니고요 몇 가지 건져왔어요."

"그래?"

"허접한 폭주족 놈을 몇 명 잡아서 형이 시킨 장난질 좀 쳐봤거든요. 그랬더니 즉각 반응이 오던데요?"

"어떻게?"

"어딘가 가길래 무심코 뒤따라가 봤는데 경기도와 경계한 야산자락으로 가더라고요. 거기 공터인지 마당인지 우물 흔적이 있던데 그걸 확인하고 갔어요."

"양재숙 집이냐?"

"그건 모르고요 전에는 누가 살았나본데 지금은 폐가인지 헛간인지 모를 정도예요."

"폐가를 확인하고 갔다?"

"뭔가 싶어서 확인했는데, 어우!"

윤표가 코를 막으며 몸서리를 쳤다.

"왜?"

"온갖 잡동사니에 돌, 폐건축자재 등으로 완전 막혀 있어 볼 수는 없는데 안에서 미묘한 악취가……."

'악취?'

"냄새가 심한 건 아닌데 진짜… 내가 머리에 털 나고 그런 냄새는 처음이었어요. 혹시 시체가 들었나 싶어서 기분 오싹하던데요?"

'시체?'

그 말과 동시에 길모도 머리카락이 쭈뼛 솟구쳐 올랐다. 양재숙의 상에서 본 살인의 흉액 때문이었다.

"다른 건?"

"거길 확인한 여자가 점쟁이를 찾아갔어요."

"청담동?"

"어, 어떻게 아세요?"

"계속해봐."

"그러고는 송파의 고층 아파트로……."

송파의 아파트!

만약 금고를 털어야 한다면, 장소로는 좋지 않았다. 고층 아파트라서 입구에 경비원이 있었다. CCTV도 있었다.

들어가는 거야 문제가 아니지만 혹시라도 양재숙이 신고를 한다면 발뺌하기가 곤란했다.

하지만 그건 나중 일. 당장은 양재숙에 대한 확인이 더 필요했다.

"내가 시킨 거, 가는 길에 한 번만 더 반복해라."

길모는 윤표에게 말했다. 길모가 윤표에게 지시한 건 간단한 일이었다. 쪽지 하나를 양재숙의 숍 유리에 붙이고 가는 것이다. 쪽지는 작았고 문구도 간단했다.

〈양재숙, 나는 네가 한 짓을 다 알고 있다.〉

양재숙은 처음에 시도한 쪽지를 보았다. 그리고 즉각적인 반응을 보였다. 폐가를 찾아간 게 반증이었다.

'거긴 왜 갔을까?'

폐가가 마음에 걸렸다. 거기서 난다는 퀴퀴한 냄새가 마음에 걸렸다.

이른 아침!

길모는 장호와 함께 대로를 폭주해 갔다.

서울을 벗어나자 주변이 한가로워졌다. 언덕 위에서 내린 길모는 평상복 차림으로 걸었다. 한참을 가자 언덕 아래로 평지가 보였다. 윤표가 말하던 그 폐가였다.

주변은 조용했다. 사방의 시야 안에 주택도 보이지 않았다. 어쩌면 곗돈을 들고 튄 양재숙이 은신해 살았을지도 모르는 곳.

바삭!

마른 풀을 밟으며 마당으로 들어섰다. 누가 여길 근교라고 할까? 윤표의 말처럼 집은 폐가에 가까웠다. 아니, 어쩌면 처음부터 집이 아니라 창고였을지도 모른다.

방 안에는 낡은 가재도구들이 썩어가고 있었다. 다시 마당으로 나온 길모는 구석으로 향했다. 이미 죄다 무너져 흔적만 남은 우물. 그 안에는 온갖 폐기물과 흙이 바람에 풍화되어 우물인지 아닌지의 분간조차 쉽지 않았다.

'으음!'

코를 가까이 하자 폐부를 찌르는 냄새가 느껴졌다. 이미 오래되었는지 냄새 자체가 심하지는 않았다. 그럼에도 불구하고 오장육부를 쥐어짜는 이상한 냄새였다.

'진짜 시체가?'

등골이 오싹해진 길모가 다시 우물을 바라볼 때 전화기가 요란하게 울었다.

디로동당당!

양 실장이었다.

―홍 부장님! 어디세요?

느닷없는 질문에 길모가 뒤를 돌아보았다. 다행히 양 실장은 보이지 않았다.

"집입니다만……."

―저 지금 숍인데 좀 뵐 수 있을까요? 바쁘시면 제가 찾아갈게요.

"지금요?"

―네.

"무슨 일로?"

길모는 시치미를 뚝 떼고 물었다.

―한 이틀 꿈자리가 뒤숭숭해서 관상에 뭐가 좀 나오나해서요. 홍 부장님 말이 관상은 변한다고 했잖아요.

"아침 출장은 좀 비싼데요."

길모가 짐짓 주가를 올렸다. 부른다고 냉큼 가는 건 관상왕의 할 일이 아니었다.

―복채 걱정은 마세요.

출근한 양재숙의 긴급 전화. 윤표가 붙이고 간 쪽지를 또 보았을 가능성이 컸다.

"가는 길에 제가 잠깐 들리죠."

못 이기는 척 인심을 썼다. 길모로서도 확인해야 할 일이 있었다.

"이야, 오늘은 이모 관상이 좋은데요?"

길모가 도가니탕 여주인을 보며 말했다. 청담동으로 가는 길에 위장을 채우러 들렀다. 동시에 체크할 일도 있었다.

"팔자 편한 소리 하고 있네. 관상이 밥 먹여줘요? 가게 비워야 할 판에……."

여주인은 한숨부터 쉬었다.

"또 아나요? 재복궁에 금(金)물살이 들어올 기세니 로또라도 당첨될지……."

"내 복에 무슨……."

"아니면 그 악질 계주가 잡힐지도 모르지요."

"그건 물 건너갔어요. 그렇게 튄 인간이 돈 남겨뒀겠어요? 하도 억울해서 머리끄댕이라도 한 번 잡고 싶어서 그러는 거지."

"고소장 제출하고 남은 사람이 아홉 명이라고 했나요?"

"예……."

"연락은 다 되나요?"

"그럼요. 그년 잡았다고 하면 당장에라도 달려올걸요."

"아무튼 힘내세요. 잘될 겁니다."

길모는 그 정도 선에서 체크를 끝냈다.

[왜요?]

가만히 지켜보던 장호가 물었다.

"그냥……."

[털려고요?]

"반응 좀 보고."

여기서 반응은 양재숙의 반응이었다. 시간은 점차 그녀와의 만남 쪽으로 가까워지고 있었다.

길모는 도로에서 내렸다. 그런 다음 장호를 돌려보냈다. 우선은 장호가 피곤하기도 할 테고 양재숙의 주변에 오토바이를 자주 출현시키고 싶지 않았다.

"어머, 홍 부장님!"

숍 창가에 앉아 우아하게 커피를 마시던 양 실장이 반색을 했다. 유리는 티끌 하나 없이 깨끗했다. 종업원들이 깔끔하게 닦아낸 모양이었다.

"음악 좋네요."

길모는 부드럽게 시작했다.

"어머, 이 음악 아세요? 이사오 사사키의 스카이 워커인데……."

"예… 백화점 같은데 가면 많이 나오는 음악 아닙니까?"

"어머, 아시네. 역시 수준이 다르다."

양 실장이 애교를 부렸다. 기분이 좋다는 뜻이었다. 길모는 그 기회를 놓치지 않았다. 숍을 구경하는 척하며 비즈니스를 시작했다. 웨이터도 뻐꾸기는 제대로 날릴 줄 아니까.

"장식물 하나도 그냥 들여놓은 게 없군요. 방위와의 궁합까지 고려하신 거 같습니다."

길모는 상담실과 사무실까지 둘러보았다. 비싼 장식물로 도배질을 한 숍엔 금고는 없었다. 그것으로 비즈니스는 끝났다.

"그러고 보니 낯빛이 좀 어두워졌군요."

이쯤에서 슬쩍 본론으로 진입하는 길모.

"그렇죠? 역시 족집게시라니까."

"어디 보자… 얼굴을 조금만 이쪽으로 돌려보시겠어요?"

"이렇게요?"

양 실장이 얼굴을 틀었다.

"저런, 작은 흉살들이 표면으로 올라왔군요."

"어머, 흉살이라고요?"

"혹 실장님을 만나고 싶어 하는 친구들이 있나요? 아주 간절하게."

"친구들요?"

"그 간절함이 깊어 흉살이 되는 것 같은데… 가능하면 만나심이……."

"어휴, 걔들이 그렇다니까요. 보다시피 제가 몸이 두 개라도 바쁠 판에 다들 자기들 하고 안 놀아준다고 시새우니……."

양 실장은 노련하게 비켜갔다.

"그렇군요."

"저기, 그래서 말인데… 관상에서는 뭐 풀어내는 거 같은 거 없나요?"

"풀어낸다고요?"

"그 뭐냐… 무당들 보면 굿 같은 거 하면 좋다고 하잖아요. 아니면 부적 같은 거……."

"아, 액막이 말씀이군요?"

"그래요. 액막이! 있어요?"

양 실장의 두 눈이 길모에게 꽂혀왔다.

"물론 있죠!"

"어머, 좀 알려주세요."

양 실장은 쌍수를 들며 반색했다.

"관상의 액막이는 간단합니다. 선행을 쌓는 거죠. 관상의 으뜸은 심상인 것이니."

"그러니까 제 말은 어떤 선행을 해야 하는지 홍 부장님이 좀 알려주시면……."

"정 그러시다면."

이번에도 길모는 헤르프메의 명함을 꺼내놓았다.

"저기… 얼마쯤 내야……."

"악행은 적을수록 좋고 선행은 많을수록 좋은 거 아닙니까?"

"그래도……."

"정 그러시면 크게 한 장 쓰세요."

"1억요?"

양 실장의 눈이 휘둥그레졌다. 통 큰 여자 양재숙. 하지만 제 주머닛돈 공짜로 나가는 건 아까운 모양이었다.

"이거… 남편 이름으로 넣어도 될까요?"

"상관없죠. 부부는 일심동체니……."

"알았어요. 이태리에 있는 남편 이름으로 뱅킹해야겠네요."

남편, 양 실장의 세 번째 남편은 이태리 체류 중.

정보가 하나 더 쌓였다.

"오늘 제 복채는 얼마나 넣으실 건가요?"

길모는 짐짓 덧붙여 물었다.

"이번에는 500만 원……."

"그것 역시 실장님의 선행에 보태드리죠. 보내실 돈에 더해서 기부하시면 되겠습니다."

길모는 그 말을 두고 일어섰다.

볼일은 끝났다.

길모가 봐준 관상은 표면적인 것에 불과했다. 그사이에 길모는 양재숙의 관상을 꿰뚫었다.

첫째는 눈이었다.

성형 얼굴에서도 칼자국이 없는 눈. 그 깊은 심연의 핵에 흔들림의 흔적이 보였다. 코 역시 여기저기 마른내가 났다. 입술에도 희미한 화기(火氣)가 남아 있었다.

살인은 확실했다. 한 명도 아니고 두 명이었다. 살인 직후라면 저 눈이 미친 듯이 흔들렸을 것이다. 눈꼬리는 하늘로 향하고 코는 말라 푸석푸석, 나아가 입에서 단내가 났을 일.

그러나 수년이 흘렀다. 그렇기에 길모조차도 집중하고 또 집중해야만 읽어낼 수 있는 지난 일이었다.

희생자는 누구일까?

추측하자면 한 사람은 양선숙일 가능성이 높았다.

언니 행세를 했으니 그녀가 죽어야 했다. 더구나 정신이 온전치 못한 사람. 죽이는 데도 그리 어렵지 않았을 것이다. 그런 후에 개조한 얼굴로 원래 자기의 이름을 쓰면 그만이었다.

“아유, 제가 모셔다드려야 하는데 또 약속이 있어서…….”

문 앞까지 따라 나온 양 실장이 나이에 맞지 않게 깨방정을 떨었다.

“아닙니다. 바쁘실 텐데…….”

“이렇게 와주셔서 감사… 어머!”

길모를 바라보던 양 실장의 시선이 주차장 쪽으로 돌아갔다.

길모도 자연스레 그쪽을 바라보았다. 남자였다. 나이는 40쯤 되었을까?

'응?'

남자를 본 길모의 미간이 저절로 찌그러졌다. 주는 것 없이 불편한 느낌의 상…….

"신 보살님!"

양 실장의 입에서 튀어나온 한마디. 길모는 비로소 그가 청담동의 신 보살임을 알았다. 양 실장은 그의 팔짱을 끼고 길모에게 슬쩍 묵례를 해왔다. 잘 가라는 인사였다.

'신 보살…….'

길모는 인도에 서서 신 보살을 바라보았다. 흔한 말로 기생오라비 스타일이었다. 희멀건 낯빛에 단정한 흰 옷 차림. 그는 신선이라도 되는 듯이 나폴나폴 숍 안으로 들어갔다.

신 보살!

그렇다면 액막이를 위해 부른 게 뻔했다.

양 실장!

급하긴 급한 모양이었다. 똥오줌 안 가리고 액막이를 하고 있다.

'그래봤자 이미 늦었어.'

길모는 두 사람을 향해 중얼거렸다.

밤 11시!

길모는 1번 룸 사업가들에게 양주를 세팅하고 복도로 나왔다. 윤표에게 걸려온 전화 때문이었다.

—형, 그 아줌마 지금 숍 문 닫고 역삼동 와인 바로 들어갔어요.

"오케이!"

길모는 전화를 끊고 장호를 불렀다.

[출동이에요?]

"그래. 오토바이 대라."

길모의 지시를 받은 장호가 계단을 올랐다.

바당!

오토바이는 바로 도로를 질주했다. 방 사장에게는 손님이 찾는 특별안주를 사러간다고 둘러댔다. 폭주하면 12분 거리. 잘하면 40분 안에 돌아올 수 있었다.

장호는 미리 계산한 최단거리를 잡아 2분을 줄였다.

"대기해라!"

길모는 아파트 뒤편에서 내렸다. 그런 다음, 얕은 담장을 훌쩍 뛰어넘었다. 아파트 뒤편은 화단이라 고맙게도 어두웠다. 슬쩍 주변을 돌아본 길모는 벽을 박차고 올라 비상계단 쪽의 창틀을 잡았다. 팔뚝에 힘을 주어 탄력을 얻은 길모는 가볍게 입실에 성공했다. 비상계단이었다.

소리를 죽이며 계단을 뛰었다. 그러다 계단참을 돌아설 때, 움찔 걸음을 멈췄다.

"……?"

길모와 눈빛이 척 마주친 한 사람, 노파였다.

"……."

"……."

길모도 노파도 입을 열지 않았다.

어쩐다?

사람과 마주치는 건 좋지 않았다. 그게 노인이든 젊은이든.

그런데, 다행히도 노파가 히죽 웃었다.

"아범이야? 왜 이렇게 늦게 와?"

노파가 어눌한 목소리로 손을 내밀었다. 치매노인인 것 같았다.

'후우!'

한숨을 남겨두고 노파를 지나쳤다. 노파는 길모는 따라오려다가 주저앉고 말았다. 그냥 두면 계단에서 구를 것 같아 되돌아서는 길모. 결국 안전한 계단참에 앉히고서야 다시 계단을 올랐다.

"일찍 와!"

노파는 허리를 만지며 맥없이 말했다. 늙는다는 건 비극이다. 치매에 걸리는 건 더 큰 비극이다. 하지만 지금은 노파와 놀아줄 타임이 아니었다.

비상구를 돌아 나와 양재숙의 집 앞에 도착했다. 사방은 고요하다. 주저하다 이웃사람과 만나면 안 될 일. 일단 벨을 눌러보았다.

딩동!

대답이 없다.

한 번 더!

딩동!

빈 집임을 확인한 길모가 이중 잠금장치를 풀었다. 조금 비싼 디지털 키. 그래봤자 한 단계 더 비튼 조합에 불과했다.

길모는 양재숙의 집으로 들어섰다. 불은 켜지 않았다.

일단 거실!

금고는 없었다. 안방 문을 열었다. 꽃단장된 금고가 보였다. 브랜드는 선용금고였다.

'이건가?'

작지만 만만치 않았다. 소위 최첨단 신제품인 모양이었다. 하긴 양재숙이 주머니를 채운 게 약 4년여 전. 그 후에 샀다면 당연히 신제품일 가능성이 높았다.

"……?"

버튼 키판에 손을 댄 길모, 처음 보는 장치라 긴장이 되었다.

'오류 시 자동 전송?'

오류 자동 전송. 그러니까 주인이 아닌 사람이 금고를 열려다가 실패하면 주인에게 알람이 가는 장치가 부착된 신물이었다.

'젠장!'

정신이 번쩍 들었다. 단 한 번이라도 실패하면 안 되는 것이다. 길모는 정신을 모으고 집중했다. 첨단장치 때문에 손을 뗄 수도 없는 일. 그래도, 다행히 금고의 원리는 같았다.

4622—000—000.

46억 2천 2백만 원.

맞추고 보니 양재숙이 해먹은 곗돈의 액수 같았다. 이마의 땀을 닦은 길모는 혀를 내둘렀다. 하긴, 죽어도 잊어버리지 않을 번호였다. 자신의 운명을 바꿔준 돈이 아닌가?

'후우!'

긴 호흡과 함께 빗장을 돌리자 금고가 열렸다. 하지만!

'젠장!'

헛수고였다. 금고는… 텅 빈 건 아니지만 별로 든 것도 없었다. 서류 몇 장과 계약서들, 그리고 현금은 다 해야 5천만 원도 되지 않았다.

'내 판단이 틀렸나?'

잠시 골똘해지는 길모. 하지만 길모는 자신을 믿었다.

숍에 투자한 돈이 있다지만 양재숙의 재복궁에 든 재물은 그보다 많았다. 40억여 원으로 돈을 불린 것이다.

보통 사람이라면 부동산 등에 박아두었을 수도 있다. 그러나 양재숙이다. 비록 언니 이름으로 사기를 쳤다지만 마음의 부담은 남았을 일. 그렇다면 공식적인 투자는 아직 시기상조인 일이었다.

'그렇기에 숍 운영도 남편 명의…….'

금고를 내버려 두고 사방을 둘러보았다. 옆방의 서재와 우아한 미니바도 살펴보고 주방과 베란다도 체크했다. 금고는 없다. 돌아보니 하나 뿐인 금고는 보란 듯이 열려 있었다.

'내가 양재숙이라면…….'

거액의 곗돈을 사기치고 사람까지 죽인 양재숙. 그럼 심리라면 어디에 돈을 두려고 할 것인가? 마땅히 금고가 맞지만 금고 안에는 큰돈이 없었다.

'차상빈처럼 딸의 오피스텔에?'

잠시 마음이 가지만 바로 고개를 저었다. 양재숙과 차상빈은 아주 다른 사람이었다. 그 거액을 딸의 공간에 둘 리 없었다.

금고가 없을 때는…….

길모는 부자 손님들이 농담 삼아 하던 말을 떠올렸다.

금으로 바꿔 베개에 넣고 잔다.

구들장을 들어내고 그 밑에 감춘다.

쌀 항아리 밑에 현금으로 넣어둔다.

천장에다 감춘다.

침대의 베개는 가벼웠다. 매트도 별 이상은 없었다. 바닥은 고급 원목. 하나하나 두드려 보지만 빈 곳은 없었다. 천장에도 흔적은 없었다. 항아리 따위는 없으므로 패스.

'이런 젠장!'

너무 서두른 걸까? 길모는 맥없이 침대에 걸터앉았다. 순간,

"……?"

길모는 매트와 바닥을 내려다보았다. 갑자기 다리가 짧아진 걸까? 다리가 닿는 게 영 어색했다.

'혹시?'

침대시트를 걷은 길모는 매트를 세웠다. 그러자 견고한 철판 구조가 드러났다.

철판!

어울리지 않았다. 푸짐한 양재숙의 지방 삼겹을 떼어 철판구이를 할 것도 아니다. 가난해서 철공소에 짜 맞춘 것일 리도 없다. 이상한 생각에 침대 사방을 살펴보지만 입구가 보이지 않았다.

통통!

옆구리를 두드려 본 길모, 고민에 빠졌다. 소리로 보아 안은

비어 있다. 하지만 입구가 없는 바에야 어떻게 금고 대용으로 쓸 수 있을까?

마지막으로 길모는 바닥에 누웠다. 그리고 각개전투의 철조망 통과를 하듯 하늘을 보며 기어들어 갔다.

"……!"

거기 있었다.

침대 바닥에 교묘하게 장치된 문. 모니터 두 개 크기의 미닫이장치에서 자물통이 잡혔다. 입으로 작은 랜턴을 물고 작업을 했다. 자칫하면 오바이트를 할 뻔했다. 자물쇠의 형태가 하트형이기 때문이었다.

찰칵!

철사를 쑤셔 넣자 자물통이 풀렸다.

"……!"

돈은 거기 있었다. 그래도 여자라고 5만 원권 한 다발 한 다발을 정성스럽게 랩으로 싸두었다. 그걸 다 꺼내니 20억에 가까웠다.

그때 윤표의 전화가 진동으로 들어왔다. 깜짝 놀라 받아 드는 길모.

—형, 양재숙이 집으로 가려나 봐요!

젠장, 시간을 너무 허비했다.

시계를 보니 예정 시간보다 15분이 지나고 있었다.

침대 매트 아래에다 짜 놓은 진짜 금고를 찾는데 시간을 보낸 까닭이었다. 앙재숙은 잔머리가 좋았다. 누가 침대의 구조까지 의심할 것인가. 그러니 보란 듯이 금고를 들인 건 떡밥용이었다. 혹시나 빚쟁이가 들이닥치더라도 금고나 먹고 떨어지라는 속셈이었다.

"장호야!"

길모는 서둘러 전화를 걸었다. 그런 다음, 양재숙의 주방에서 투명한 비닐팩을 꺼내 들었다.

'부탁한다.'

길모는 비닐팩을 향해 중얼거렸다.

끼이익!

잠시 후에 양재숙이 아파트 주차장에 도착했다. 그녀는 자신의 주차 자리에 다른 차가 서 있는 걸 보았다. 하는 수 없이 다른 자리에 차를 댔다.

이상했다.

오늘따라 경비실도 비어 있었다. 그러니 주차 문제에 대해 짜증을 퍼붓는 건 다음으로 미뤄야 했다.

그런데!

경비는 양재숙의 집 앞에 있었다.

"아저씨!"

양재숙은 바로 목소리를 높였다.

"사모님……."

"사모고 뭐고 지금 뭐하시는 거예요? 내 주차 자리에 누가 차를 댔잖아요?"

"그, 그게 중요한 게 아니라……."

"아니면? 뭐가 중요한 대요? 일을 이렇게 하시면… 응?"

삿대질을 하던 양재숙은 그제야 알았다. 자기 집 문이 덜컥 열려 있는 걸.

"우리 그이가 귀국했어요?"

묻고 나서 바로 어림없는 질문이라는 걸 알아차리는 양재숙. 방금 전까지도 이태리에서 통화한 새 남편이 집에 왔을 리가 없었다.

'도둑?'

머리카락이 쭈뼛 선 양재숙이 늙은 경비를 밀치고 안으로 들어섰다.

"양 회장!"

거실에 들어서기 무섭게 누군가 양재숙을 불렀다. 양 회장. 그건 그녀가 계주를 할 때 쓰던 호칭이었다.

"……?"

양재숙의 입과 눈이 한없이 벌어졌다. 꿈일까? 4년이 넘도록 치밀하게 도피한 그녀였다. 그런데, 어떻게? 도리질을 해보지만 현실은 바뀌지 않았다.

거실을 메운 사람들은 곗돈 피해자들의 일부였다. 그리고 무엇보다 중요한 건 그녀가 양재숙임을 알고 있다는 사실이었다.

"아주 상판때기를 통째로 리뉴얼했구먼!"

"그러게 말이야. 저러니 밖에서 보면 누군 줄 알겠어?"

아줌마들이 핏대를 올리며 한마디씩 해댔다.

"당, 당신들……."

양재숙은 비틀거리며 뒤로 물러섰다.

"흥, 하늘은 무심치 않아. 이것아, 이름 바꾸고 얼굴 바꾸면 완전범죄 될 줄 알았냐?"

"어휴, 저년 때문에 그동안 속 썩은 걸 생각하면……."

아줌마들 앞에서 기세를 올리는 건 도가니탕 여주인이었다. 아줌마들을 끌고 온 것도 그녀였다. 길모가 윤표 친구를 통해 형사라고 사칭한 후에 양재숙의 거처를 알려준 것이다.

"생각 같아서는 그냥 콱 빵에 처넣고 싶지만 그래도 돈을 찾았으니 봐주는 겨."

"이년아, 앞으로 천벌 안 받으려면 심보 곱게 써라. 알겠냐?"

아줌마들은 번갈아 양재숙의 멱살을 흔들고 머리끄댕이를 잡아챘다.

그러자!

"아, 좀 비켜봐. 그래 가지고 분이 풀려?"

뒤쪽에서 거구의 아줌마가 튀어나왔다.

"내가 이년 때문에 이혼당하고, 등록금 없어서 애들도 대학도 못 보내고… 거리에 쫓겨나서 당뇨에 고혈압까지 걸려서 고생한 생각을 하면……."

쫘악!

거구는 말릴 사이도 없이 양재숙의 얼굴에 강력한 스매싱을 날렸다.

"당, 당신들……."

"뭐가 당신들이야? 이 썅년아!"

퍼억!

이번에는 주먹이었다. 거구는 쓰러진 양재숙을 하마 같은 다리로 짓밟았다.

"누군 아니야? 우리 아저씨는 이 곗돈 부은 돈 돌려막다가 결국 자살했잖아? 우리 남편 살려내. 이 개 같은 년아!"

거구의 뒤에서 한 아줌마가 악을 썼다.

"여러분, 이 쌍년을 찢어 죽여도 모자라지만 그래도 돈은 돌려받았으니까 그만 갑시다. 저런 년하고 말 섞어봤자 우리 입만 더러워져요."

도가니 여주인이 앞으로 나섰다. 아줌마들은 양재숙을 한 번 더 밟아주고는 비닐팩에 쌓인 돈뭉치를 집어 들었다. 뭉치에는 아홉 명 아줌마들의 이름이 각각 쓰여 있었다.

"……?"

뭔가 이상한 낌새를 차린 양재숙은 침대 쪽으로 뛰었다. 그녀는 볼썽사납게 가랑이를 쫙 벌리고 침대 밑으로 기었다. 그런 다음에야 사태를 짐작했다. 비닐팩의 돈은 그녀의 비밀금고에서 나온 돈이었다.

"안 돼. 그건 내 돈이야!"

"이 미친년이!"

달려드는 양재숙에게 거구의 아줌마가 가방을 휘둘렀다.

스트라이크!

광속구에 버금가는 가방에 안면을 강타 당한 양재숙은 그 자리에서 무너졌다.

"왜? 막상 주려고 하니까 아깝냐? 에라, 이 도둑년아. 우리 돈은 갚아줘서 고맙다만 너는 천벌을 받아 뒈질 거야."

"갑시다. 여러분! 여기서 썩는 냄새가 등천하잖아요?"

아줌마들은 자기 돈을 챙겨들고 거실을 나갔다.

"안 돼… 안 돼……."

양재숙은 현관을 향해 기었다. 대체 어떻게 된 일이란 말인가? 두 눈 뜨고 돈을 털리지만 경찰조차 부를 수 없었다. 그 돈은 어차피 그녀들의 돈이 아닌가? 자칫 경찰을 불렀다간 은닉 생활의 산통이 깨질 판이었다.

하지만!

양재숙은 다시 숨이 막혔다. 믿기지 않게도 경찰이 그녀 앞에 있었다. 현관 가까이 기어나갔을 때 그녀의 눈을 가로막은 건 경찰의 정복이었다.

"……?"

"양세하 씨?"

"……?"

같이 좀 가시죠."

"무, 무슨 일로?"

"당신 언니와 형부가 살해되어 매장되었다는 신고가 들어와 지금 사체 발굴 중입니다.

사체 발굴 중?

"……!"

양재숙의 얼굴에 절망이 스쳐 갔다. 이 또한 길모의 작품이었다.

전부터 안면이 있는 형사에게 슬쩍 정보를 흘린 것. 전에도 수배자들이 룸에 왔을 때 몇 번이나 신고하여 검거를 도운 적이 있었기에 제대로 먹힌 것이다.

살인!

그건 쥐도 새도 모르는 일이었다.

언니 뒷바라지에 지친 형부에게 몸까지 바치며 공모한 계 사기. 거액을 사기 치려니 여자 혼자 힘으로는 버거웠기 때문이었다. 양재숙은 이미 전부터 형부와 불륜을 맺은 내연관계. 착한 형부를 위로하는 척하며 후렸던 것이다.

순진한 형부는 충실하게 조력자 역할을 했다.

지인의 그린벨트 지역에 은밀한 은신처를 준비해 준 것도 그였다. 하지만 양재숙은 완벽한 재탄생을 꿈꾸고 있었다. 이미 수중에 40억여 원의 거액이 들어온 상황. 그 비밀을 아는 사람은 필요가 없었다.

세 사람이 은신처에 모이자 양재숙은 계획을 실행에 옮겼다.

우선 적당한 날에 언니부터 죽였다. 그런 다음 시내에서 돌아온 차기홍을 시켜 우물 안에 버렸다. 언니를 묻기 위해 마른 우물에 들어간 차기홍. 밖에서 시중을 드는 척하던 양재숙의 입가에 섬뜩한 미소가 흘렀다. 차기홍이 그걸 깨달았을 때는 이미 늦은 후였다.

그렇게 묻어버린 두 사람. 그 위에 차곡차곡 폐기물과 흙을 채움으로써 귀신도 모르는 일이 되어버렸다. 그런데 그 일이 신고가 되다니.

양재숙은 눈알을 뒤집고 혼절해 버렸다.

* * *

이미 카날리아로 돌아와 있던 길모는 윤표의 보고를 받고 안도했다. 모든 것은 길모가 바라던 대로 퍼펙트하게 처리되었다.

계원들은 돈을 찾았고 양재숙은 형부와 언니 살인 혐의로 구속.

물론 모든 계원들이 돈을 찾은 건 아니다. 하지만 그 정도만 해도 큰 성과였다. 나머지는 경찰의 몫. 길모는 가슴뼈에 걸렸던 숨을 천천히 밀어냈다.

"술 한잔할래?"

길모가 윤표에게 물었다. 늘 고생만 시키는 윤표. 곧 문 닫을 시간이니 기분 좀 살려줄 참이었다.

"진짜요?"

"성표도 불러라."

"어, 그 자식도요?"

"서둘러라. 날 새기 전에!"

"알았어요. 고마워요, 형!"

윤표는 번개보다 빠르게 전화기 화면을 눌러댔다.

"유나야. 누구 하나 데리고 봉사 좀 해라."

대기실로 온 길모가 물었다.

"봉사요?"

"장호 친구 놈 윤표 알지? 가끔 우리 대리도 뛰고 심부름 해주는 놈 있잖아? 이런 데서 술 한잔하는 게 소원이란다. 죽은 사람 소원도 풀어준다는데 한 잔 먹일까 하고."

"아, 그 퀵 아저씨요?"

"장호 친구라니까. 아저씨라고 하면 실망해서 자살할지도 몰라. 자기 딴에는 무지 동안이라고 생각하거든."

"나도 놀아도 돼요? 마지막 손님이 워낙 밍숭맹숭한 사람들이라 발동 걸리다 말았는데……."

화장을 지우려던 홍연이 돌아보았다.

"그럼 땡큐지!"

[그럼 나도 놀래요.]

경제지를 뒤적거리던 승아도 탑승.

"헐, 그럼 나도 빠질 수 없네. 나만 빠지면 무지하게 씹어댈 거 아냐?"

"언니, 그건 당연한 거 아니에요? 우린 누가 화장실만 가도 흉봐요."

홍연이 웃으며 장단을 맞췄다.

"좋다. 오늘 그럼 우리 사단 단합 겸해서 가볍게 속 좀 풀자."

길모는 발렌타인 30년산 두 명을 희사했다.

"……!"

장호를 따라 1번 룸에 들어서던 윤표와 성표는 눈알이 뒤집혔다.

"어서 오세요!"

야릇한 홀복을 입은 네 명의 섹시발랄한 아가씨들이 문 앞에 도열해 정식으로 자신들을 맞았기 때문이었다. 더구나 두 명은 카날리아에서도 손꼽히는 에이스들.

"받으세요!"

홍연이 일부러 나긋한 목소리로 잔을 내밀었다. 당황한 윤표가 장호를 바라보았다. 하지만 장호는 쿡 웃음을 남기고는 복도로 나가 버렸다.

"형……."

성표도 긴장하기는 마찬가지였다. 무려 네 명의 미녀들. 그리고 테이블에는 비싼 양주가 두 병.

혹시라도 술값을 내라고 하면 애마인 오토바이를 내줘도 모자랄 판이었다.

"아이, 순진하기는… 화끈하게 한잔해요."

홍연은 윤표에게 더욱 밀착해 갔다. 얇은 홀복이라 거의 맨살이 닿듯 전해지는 홍연의 뇌살적인 볼륨감. 윤표는 마치 약에 취하는 기분이었다.

그때 길모가 장호를 데리고 들어섰다.

"어, 너희들 쫄았냐?"

"형……."

"야야, 쫄지 말고 마셔라. 공짜야, 공짜!"

"정말이죠?"

윤표가 확인하듯 물었다.

"그래. 내가 너희한테 돈 받겠냐? 기분 좋게 한잔하고 가자."

"그럼 아가씨들은……."

"애들도 너희들처럼 다 내 식구들이다. 그러니까 마음 놓고 마셔."

길모가 앞에 앉자 마음이 놓인 윤표. 거푸 세 잔을 들이켰다. 성표도 윤표를 따라 스트레이트 세 잔!

"에? 그러니까 우리 놀래주려고?"

장호의 설명을 들은 윤표. 그제야 상황을 파악하고 긴장이 풀어졌다.

[어이구, 촌놈들…….]

장호가 웃었다.

"에이, 씨… 그럼 한 잔 더 줘요."

윤표가 홍연에게 잔을 내밀었다.

[야야, 반말해라. 여기 혜수 누나 빼고는 다 우리 또래야.]

장호가 수화를 날려 왔다.

"그, 그래도 돼요?"

그래도 여전히 어리바리하게 홍연을 바라보는 윤표.

"아유, 귀여워라!"

장난기가 극에 달한 홍연, 윤표를 당겨 이마에 키스를 해버렸다. 윤표는 바로 기절해 버렸다.

발렌타인 두 병을 비우고 윤표를 보낸 길모 사단은 도가니탕집으로 향했다. 여주인에게서 몇 번이고 전화가 온 까닭이었다.

"아이고, 홍 부장님!"

여주인, 목소리부터 날아다닌다. 그녀의 얼굴에는 생기와 활기가 가득했다.

어떻게 그렇지 않을까? 가슴 태우던 돈을 찾았다. 양재숙에게 화풀이도 했다. 십 년 묵은 체증이 내려갔다는 말은 지금의 여주인에게 딱 맞춤할 말이었다.

"글쎄, 홍 부장님 말이 딱 맞았다니까요."

여주인은 손님 맞을 생각도 없이 길모의 손을 잡고 펄펄 뛰었다.

"그래요?"

길모는 모른 척 장단을 맞췄다.

“부장님 관상대로 돈 찾았어요. 그 망할 년의 계주를 잡았다고요.”

“이야, 잘됐네요.”

“잘되기만 해요? 내가 아주 날아갈 것 같다니까요. 여기 날개 안 보여요?”

여주인은 아이처럼 두 팔을 들고 제자리에서 빙빙 돌았다.

“축하드립니다.”

“글쎄 예감인지 뭔지… 하여간 부장님이 그 말할 때 왠지 믿음이 갔어요. 그래서 작은 희망을 품고 있었는데 마침 그년이…….”

“…….”

“미친 년, 사람까지 죽인 년이 무슨 변덕이 들어 돈에다 우리들 이름까지 써서 준비해 뒀을까? 하긴 우리 몇 명이 끝까지 물고 늘어지니까 제 년도 겁이 났겠지. 그렇죠? 여자가 한을 품으면 오뉴월에도 서리가 내린다잖아요?”

“그렇죠…….”

“그리고 그년, 진짜 사람을 죽였대요. 자기 언니하고 형부…….”

“어유, 저런…….”

“경찰에서 들은 얘긴데 정신병 앓는 제 언니 행세하면서 우리한테 계 사기 치고, 형부랑 붙어 처먹다가 언니랑 형부를 매장… 처음에는 싹 잡아떼더니 나중에야 겨우 자백했다고 하더라고요. 어휴, 어휴! 소름끼쳐.”

여주인은 말을 하면서도 연신 몸서리를 쳤다.

"하여간 정말 잘됐네요. 축하드립니다."

"아유, 다 홍 부장님 덕분이에요. 그래서 내가 모셨으니까 오늘은 마음껏 먹고 가세요. 완전 공짜예요."

"아닙니다. 그동안 마음고생 많이 했을 텐데 저희가 매상이라도 올려드려야죠."

"아이고, 그런 말 말아요. 내가 마음 같아서는 내일 하루 종일이라도 동네 사람들에게 공짜로 퍼 돌리고 싶다니까요."

"그럼 간단히 도가니탕 하나씩만……."

"어허, 그건 내가 알아서 할게요. 아, 똥개도 제 집에서 50% 먹고 들어간다는데 여긴 내 가게잖아요."

"그럼……."

길모는 더 말리지 않았다. 깊은 고난의 시간을 지나 희망의 땅에 도착한 여주인. 그녀의 기분을 막고 싶지 않았던 것이다.

"자, 일단 수육부터 나갑니다."

여주인은 팔랑팔랑 달려와 푸짐한 수육을 내놓았다. 그걸로도 모자라 사람당 한 병씩 세팅해 주는 소주…….

"마음껏 먹고 마셔요. 마시다 쓰러지면 내가 책임질게요!"

여주인은 여전히 들떠 있다. 그때 그녀의 뒤에 매달린 텔레비전에서 뉴스가 나오기 시작했다.

—경찰은 그린벨트 지역 내 폐가의 우물터에서 발견된 두 시신의 살인범으로 피해자의 동생이자 처제인 양세하 씨를 범인으로 긴급 체포했습니다. 양세하는 개명 전 양재숙으로 사상 최

대의 피해자를 낸 계 사기의 주범으로도 밝혀져 경악을 금치 못하고 있습니다.

[형, 그 여자예요.]

수육을 먹던 장호가 수화를 그려댔다. 이어지는 화면에 수갑을 차고 압송되는 양재숙이 보였다. 이례적으로 얼굴을 공개한 양재숙. 바짝 숙인 그녀의 얼굴로 이마가 고스란히 드러났다.

"미친년, 저년이 글쎄 완전범죄를 하려고 이름도 바꾸고 얼굴도 바꿨다지 뭐예요. 하지만 그러면 뭐해요? 저거 보세요. 얼마주고 고쳤는지 모르지만 자세히 보니 넙적한 이마가 다 표시 나잖아요!"

"……!"

여주인의 말은 길모도 놀라게 만들었다. 실제로 그랬다. 바짝 깎아낸 양재숙의 이마. 하지만 슬슬 본래 이마의 이미지가 엿보이고 있었다.

'죄 짓고는 못 산다더니…….'

성형으로도 원래의 관상을 다 가릴 수는 없는 모양이었다.

"이리 오세요. 사장님도 돈 찾았으니까 홀가분하게 한잔하세요!"

길모, 이 순간 가장 행복할 여주인을 당겼다.

"좋아요. 까짓것 마셔야죠. 아, 이런 날 안 마시면 언제 마시겠어요."

여주인은 기꺼이 잔을 받았다.

건배!

남의 피눈물을 빨아 치부하려던 인간의 몰락을 위해.

자신의 영달을 위해 가련한 언니 부부를 살해한 인간의 구속을 위해.

그리고 잃어버린 행복을 되찾은 도가니탕집 여주인과 계원들을 위해!

길모는 세 번의 건배사를 중얼거리며 소주잔을 비워냈다.

제4장

일타쌍피!

하루 종일 폭우가 내렸다. 정오에 일어난 길모는 신문을 챙겨 보았다.

신문!

새삼 느끼게 되는 거지만 인간이 만든 발명품 중에 가장 우수한 게 아닌가 싶었다. 신문은 장점투성이다.

하나하나 짚어보면,

싸다.

유익한 정보투성이다.

문화와 교양, 스포츠 등의 정보력을 키워 잡학박사가 될 수 있다.

다목적으로 사용 가능하다.

예를 들면 모아서 팔면 소주값은 나오고, 창고 등에서는 도배지로 사용, 화장실에서는 뒤처리용, 나아가 라면 냄비 받침에, 간편 돗자리 기능, 심지어 둘둘 말면 흉기도 되고 야구장에서 흔들면 응원 도구가 되기도 한다.

물론 치명적인 단점도 있다.

정치권의 바람막이나 바람잡이 역할을 한다.

기레기들이 불손한 목적으로 담합 기사를 올려 눈과 마음을 오염시킨다.

아무튼!

길모에게는 몸서리치도록 유용했다. 시사 때문이었다.

예전에는 그저 오는 손님에게 살살거리며 술만 팔면 되었다. 물론 지금은 관상이 중요하다. 하지만 관상 웨이터라고 주구장창 관상 이야기만 하는 건 아니다.

그 실례가 바로 중국 출장이었다.

혜수가 모아준 알뜰한 정보… 그러나 길모가 중국 공산당 상무위원이 뭐고 태자당과 공청단에 대한 개념이 없다면 그저 개 발에 주석편자가 되었을 일.

그걸 알아들을 수 있었던 게 바로 신문에서 얻은 시사 상식이 쌓인 덕분이었다.

몽몽의 중국 진출도 그렇다. 바야흐로 세계 경제의 양대 산맥이 된 중국.

어느 나라든 중국에 사활을 걸고 있다. 그런 배경지식이 없다면 몽몽이 왜 중국에 진출해야 하는지 간절함을 알 수 없었을 일이다.

오늘 자 신문에 몽몽의 하남성 현지 공장 진출 기사가 보였다. 마침내 공식 발표가 난 모양이었다.

[형, 드디어 개봉했나 봐요!]

슬쩍 곁다리로 기사를 읽던 장호가 수화를 그렸다. 신문에 있어 또 하나의 매력, 바로 곁눈질로 읽기다.

"그런가 보다."

[으아, 어쩐지 내 마음도 짜릿한데요.]

"나도 그렇다."

[하긴 리홍룽 서기인가 하는 분도 형한테 뻑 갔다면서요?]

"말 마라. 자칫하면 지금 시각장애인 되어 노숙자 대열에 끼었을지도 몰라."

길모는 독버섯 배틀을 떠올렸다. 길모가 이겼기에 망정이지 졌다면, 그걸 마시게 되었을지도 몰랐다.

[그래도 난 또 가고 싶어요. 소림사 일도 짜릿했고요.]

"왜? 중국 흑파 애들한테 제대로 한 번 발리고 싶냐?"

[하핫, 형하고 함께라면 겁 안 난다고요.]

"너 진짜 그때 겁 안 났냐?"

[형은요?]

"야, 나야 내 뒤로 에이스들이 주르륵한데… 겁먹을 시간이 어디 있냐?"

[내 생각은 안 했어요?]

"얌마, 너는 당연히 첫손가락이지. 피만 안 섞였지 우린 형제야."

[흐음… 그 말은 들어도 들어도 또 듣고 싶단 말이죠.]

그때였다.

톡!

시샘을 했는지 천장에서 물방울이 길모 머리에 떨어졌다.

"아, 또 새네?"

길모가 천장을 바라보았다. 작년 장마통에도 새던 천장. 주인이 고쳐 주었지만 폭우에는 장사가 없는 모양이었다.

[주인아저씨한테 문자할까요?]

"놔둬라. 내가 전화할게."

길모가 전화기를 잡을 때였다. 그때를 기다렸다는 듯이 바로 벨소리가 들렸다.

"여보세요?"

모르는 번호. 스팸일 가능성이 높다. 그렇지만 직업이 웨이터이다 보니 안 받을 수도 없었다.

—홍 부장님?

"그런데요?"

—주소가…….

전화의 목소리는 길모네 옥탑방 주소를 불러댔다.

"맞는데요."

—그럼 좀 나와보시겠어요?

'나와?'

황당한 전화에, 길모는 장호를 바라보았다.

[내가 보고 올게요.]

장호는 우산을 펼치고 옥상으로 나갔다.

[형!]

"왜?"

[형이 나와봐야겠어요.]

"……?"

이번에는 길모가 슬리퍼를 꺽어 신고 옥상으로 나갔다. 장호는 도로를 가리켰다. 거기 하얀 캐딜락 앞에 정장을 갖춰 입은 직원 두 사람이 눈에 들어왔다.

"몽몽의 최 회장님, 아시죠?"

길모가 계단을 내려서자 안경을 쓴 정장 남자가 깍듯이 인사를 올리며 정중하게 물었다.

"예……."

"저는 비서실의 서 과장이라고 합니다."

안경이 명함을 내밀었다.

"그런데요?"

"비 오는 날 와서 죄송합니다. 우선 이것부터 받으시죠."

안경, 이번에는 번쩍거리는 키를 내밀었다.

"……?"

"여보세요?"

안경은 길모를 두고 전화를 걸었다. 그러더니 전화까지 길모에게 건네주었다.

"회장님이십니다."

'회장?'

느닷없는 일이지만 받지 않을 수 없었다.

"회장님!"

—아, 홍 부장?

"예, 그렇습니다만……."

—신문 보셨나? 우리 몽몽 중국 현지 공장이 정식으로 계약 체결했다는 거…….

"예."

—그래서 말인데, 불쑥 사람을 보내 놀랐겠지만 그 친구들이 가져간 거 좀 받아주시게. 내 마음이야.

"마음요?"

—미안하지만 내가 알아봤더니 홍 부장이 집도 없고 차도 없더군. 이거 중국 대륙의 관상계까지 휘젓고 상무위원의 마음까지 사로잡은 국가대표 관상대가가 그렇게 살면 안 될 거 같아서 내가 지시를 내렸어요.

"회장님……."

—사실 그 정도로도 빚을 다 갚을 수는 없지만 일단 받아주시게. 안 그러면 카날리아에 발길 끊을 걸세.

협박이다. 그런데, 고마운 협박이다.

"……?"

—그럼 바빠서 이만 끊겠네. 내 근간 중국 비즈니스에 공들인 관련 임직원들 데리고 들릴 테니 꼭지가 돌도록 술상 좀 차려주시게!

"회장, 회장님……."

전화가 끊겼다.

[뭐… 래요?]

장호가 물었다.

"그게……."

[안 좋은 일인가요?]

"그게 아니고 이 차… 최 회장님이 우리 준다고……."

[예? 그럼 좋은 일이잖아요?]

구겨진 장호의 얼굴이 단박에 펴졌다.

"타시죠!"

안경 쓴 과장이 캐딜락 문을 열었다.

"지금요?"

아직도 얼떨떨한 길모, 관상왕답지 않게 맹한 눈을 하며 과장을 바라보았다.

"잠깐이면 됩니다. 그리 멀지 않거든요."

[운전은 내가 할게요.]

어리벙벙하는 사이에 장호가 냉큼 키를 채갔다.

"그럼 우리 차 뒤를 따라오시기 바랍니다."

과장은 저만치 세워둔 검은 자가용에 탑승했다.

부웅!

[으아, 시동 소리 좋고.]

"조용히 해라, 응!"

[으아악, 오디오하고 GPS, 블랙박스도 죽이고……]

"장호야!"

[이 승차감… 꼭 안락의자 같아요.]

"야!"

[핸들링은 아예 느낌도 없는 거 같고!]

"어휴!"

길모는 고개를 저었다.

과장의 차가 멈춘 건 대로변 네거리의 오피스텔 앞이었다. 거리로 치면 옥탑방과 카날리아의 중간 지점.

"여깁니다!"

과장은 15층 오피스텔의 14층 22호 앞에서 걸음을 멈췄다.

띠링!

과장이 번호를 누르자 디지털 키의 실린더가 움직이는 소리가 들렸다.

"받아주시죠!"

안경 쓴 과장, 이번에는 오피스텔 키를 길모에게 건네주었다.

"차와 오피스텔… 모두 홍 부장님 앞으로 등록하고 등기했습니다. 보험까지 완납했으니 편안하게 쓰시기만 하면 됩니다. 그럼, 저희는 이만……."

"이, 이봐요!"

"궁금한 일이나 이의가 있으면 회장님께 말씀드리십시오. 이 이상은 저희 권한 밖이라서……."

과장은 뭐랄 사이도 없이 엘리베이터를 타고 사라져 버렸다.

[형!]

"……."

[이거 진짜 최 회장님이 형 주는 거예요?]

"……."

[으아아!]

반색을 한 장호는 한달음에 날아 침대에 몸을 던졌다. 침대까지도 두 개. 사전에 철저히 조사한 모양이었다.

"이거 우리가 받아도 되는 거냐? 차도 풀 옵션인 걸 보니 6천은 넘을 거 같고 집도 24평이니 2억은 될 거 같은데…….”

[중국 공장… 그거 형 아니면 물 건너갔을 일이잖아요. 그냥 못 이기는 척 받아요.]

“하긴 안 받으면 카날리아 안 오신단다.”

[그럼 더 잘됐네요.]

장호는 이러나저러나 싱글벙글이다.

“아, 진짜 부담스럽게…….”

길모는 실내를 둘러보았다. 젊은 취향에 맞춰 미니바에 헬스 기구까지 완비된 상태!

[크하핫, 이거 봐요. 드럼 세탁기까지 있어요.]

장호는 그새 가전제품까지 체크하고 있었다.

‘하는 수 없지. 이미 등기까지 마쳤다니…….’

길모는 최 회장 번호로 전화를 걸었다. 중국 출장 조건으로 이미 1억을 받았던 터. 더구나 그날 매상도 대박으로 올려준 최 회장이었다.

“회장님!”

―홍 부장, 오피스텔에 들어갔다고? 마음에 드시나?

“고맙습니다.”

―무슨 소리야? 중국 공장 틀어졌으면 수십억 날아갈 판이었네. 브로커를 동원해도 몇십억은 나갈 판에 싸게 먹힌 거니까 그런 말 마시고 앞으로도 잘 부탁하네!

“예, 언제는 회장님이 콜 하시면 성심껏 모시겠습니다.”

―내가 지금 중국 마무리로 바쁘다네. 그쪽 현지 판매망을 주관할 사람들이 와 있거든. 좋은 집은 아니지만 좋은 꿈꾸시

게!

"……!"

[뭐래요?]

언제 다가왔는지 장호, 길모 옆구리에 찰싹 붙어 서서 물었다.

"잔말 말고 그냥 가지란다."

[으아아!]

장호는 찢어져라 입을 벌리며 길모를 껴안았다. 그런 다음 있는 힘껏 길모를 큰 침대로 자빠뜨렸다.

[어때요? 죽이죠?]

장호가 앞에 버티고 서서 물었다.

"그래. 죽인다. 너도 누워라."

[갑니다!]

길모의 말이 떨어지기 무섭게 장호가 훌쩍 몸을 날렸다.

풍경 오피스텔 1422호 24평, 캐딜락 준중형 세단이 길모의 품에 안겼다.

길모는 비로소 무주택에서 벗어나는 동시에 마이카 시대를 열었다.

"와아! 홍 부장님 차예요?"

비가 그친 저녁 무렵, 캐딜락을 몰고 출근하자 류 약사가 눈을 동그랗게 떴다.

"아, 예… 그게 아무래도 오토바이가 위험하다고들 그래서… 번갈아 타려고……."

"어머, 색깔도 부장님하고 잘 어울려요. 하얀색……."

"그런 가요?"

"중국 가신 일은요? 잘되었다면서요?"

"네……."

"아, 저도 외국 가는데."

"네?"

계면쩍은 얼굴을 하던 길모가 고개를 들었다.

"제 관상 좀 봐주세요. 외국에 나갈 팔자 맞나요?"

류 약사도 길모를 향해 고개를 들었다.

화끈!

모닥불이 다가오는 것 같아 길모는 슬쩍 몸을 뺐다.

"맞아요?"

"……!"

길모의 미간이 확 좁혀졌다.

그녀의 명궁… 불이 붙고 있었다. 나아가 이사나 직장 변동을 보는 이마의 천이궁은 폭발 직전. 불과 수일 사이에 일어난 일이었다.

'그럼 관광이 아니라는 말?'

길모의 낯빛은 하얗게 변해 버렸다.

"어때요? 외국 물 먹을 팔자 맞냐고요?"

"그, 그렇기는……."

"어휴, 관상까지 그러면 정말 가야 하나 보네. 저 사실 유학 준비 중이에요."

유학?

머리가 바로 하얗게 변한다.

"약사 해보니 따분해서요. 공부 좀 더해서 생약 연구소 같은 거나 차릴까 하는데… 잘될 거 같아요?"

"……."

"아 참, 공짜로는 안 되죠?"

"……."

"부장님 혹시 잠깐 시간 돼요? 우리 엄마도 관상 마니아인데 지금 오신다고 하거든요. 유학 간다니까 쌍수를 들고 말리는데 부장님이 지원사격해 주면 마음이 변할지도 몰라요."

"진짜… 가려고요?"

"네, 사실 수속도 거의 끝났어요. 엄마가 말려도 갈 거지만 그래도 허락을 얻고 가면 편안해하실 거 같아서……."

'후우!'

"안 될까요?"

"시간 내드리죠."

길모는 담담하게 말했다. 이미 수속까지 끝났단다. 그렇다면 류 약사의 마음은 정해진 셈. 살짝 충격이긴 하지만 무작정 말릴 수도 없는 일이었다.

"어머!"

길 건너 건물 12층 라운지의 커피전문점에서 만난 류 약사의 어머니. 길모를 보자 벌린 입을 다물지 못했다.

"사모님……."

그건 길모도 같았다. 류 약사의 어머니… 바로 김석중 원장의 체인징에서 만난 관상 첫 관상 성형 손님이었다.

"세상에, 지구가 언제 이렇게 좁아졌니? 이 관상도사님이 너랑 아는 사이라니?"

기이한 인연에 오진애는 몸서리를 쳤다.

제5장
절대금고 vs 신의 손

"류 약사님은 유학을 갈 관상입니다. 말리시면 큰 병이 날지도 모르겠네요."

그 한마디로 게임은 오버가 되었다. 신기의 관상대가 길모. 그의 신묘한 능력을 맛본 오진애였다. 그러니 어찌 토를 달 것인가?

"어휴!"

오진애는 깊고 깊은 한숨을 토해냈다.

사실 한숨이 나오기는 길모도 크게 다르지 않았다.

길모의 이상형 류 약사!

밤과 낮이 뒤바뀐 유흥가에서 이꼴 저꼴 다보며 살아온 길모에게 하나의 등불이었던 그녀. 이제 겨우 대시할 분위기를 만들었는데 유학이라니?

"관상도사님이 그렇다니 말릴 수도 없고……."

오진애는 고개를 젓더니 길모에게 인사를 남기고 가버렸다.

"고마워요."

류 약사가 말했다.

"뭘요."

길모는 물을 마셨다. 벌써 세 잔째였다. 여기서 남은 의문 하나는 류 약사가 해결해 주었다.

바로 오진애의 이름. 오진애는 마 약사의 여동생이다. 그러니 성씨도 마씨여야 했다. 그런데 어떻게 오씨일까? 그건 본명이 아니라 밖에서 쓰는 이름이란다.

마진애!

어감이 좀 이상하긴 했다.

"이제 가요. 부장님도 가게 문 여셔야 하잖아요?"

설명을 끝낸 류 약사가 지갑을 챙겨 들었다. 한순간이지만 류 약사가 잔인하게 느껴졌다. 길모의 마음에 비수를 꽂은 셈 아닌가?

하지만 그녀는 길모의 마음을 모르니 무죄였다.

"잠깐만요!"

길모, 일어서려는 류 약사를 잡아 세웠다. 유학은 말리고 싶지 않았다. 고백하지도 않은 사이니 말릴 권한도 없었다. 하지만, 하지만…….

그래도 좋아했다는 말은 전하고 싶었다.

"실은……."

길모는 가지런히 시선을 들었다. 한때는 바로 쳐다보기도 부담스럽던 밝은 세상의 여자. 저 환한 낮의 직업 중에서도 손에 꼽히는 엘리트… 그러나 지금은 그렇게 두렵거나 어렵지 않았다. 어쩌면, 이제 내일이 없기 때문인지도 몰랐다.

"제가 류설화 씨 좋아했었어요."

류설화 씨. 그렇게 부른 건 꿀리는 마음이 사라졌기 때문이었다.

"……?"

류 약사의 얼굴에 놀라는 빛이 스쳐 갔다.

"홍 부장님……. "

"직업이 그렇다보니 선뜻 말씀드리지 못하고… 그나마 요즘은 좀 친해진 거 같아서 기회를 노리고 있었는데……."

"……."

"……."

침묵이 잠시 테이블 위에 들끓었다.

"몰랐… 어요."

겨우 새어 나온 류 약사의 목소리가 가늘게 떨고 있었다. 그녀 역시 길모를 그저 손님으로만 보지 않았다는 의미였다.

"아주 안 올 거 아니죠?"

"네… 그냥 몇 년……."

"제가 언제나 이렇게 조금씩 늦는다니까요."

"아니에요. 지금이라도 말해줘서 고마워요."

"네?"

"저도 홍 부장님, 좋은 사람으로 알고 있었거든요. 학교 졸업하고 조그만 약국에서 일하다 보니 무료했는데 좋은 추억 남겨주셔서…….”

추억…….

추억이란다.

고작 추억일까? 아니면 무려 추억일까?

그 말을 곱씹으며 엘리베이터에 올랐다. 한 공간 안에 류 약사와 단둘. 담담하던 마음에 동요가 일기 시작했다. 이대로… 이대로 이걸 타고 다른 세상으로 갈 수 있다면…….

“사실…….”

길모의 상상을 깨버린 건 류 약사의 목소리였다.

“부장님이 저한테 마음이 있다는 건 짐작도 못 했어요. 카날리아에는 워낙 미녀가 많아서 저 같은 건 끼지도 못 할 거라고 생각했거든요.”

‘바보…….’

바보!

이 말은 길모가 자기 자신과 류 약사 둘 다에게 던지는 말이었다.

“또 모르죠 뭐. 나중에 제가 돌아왔을 때도 홍 부장님이 미녀들 공세를 견뎌내고 있으면 인연이 될지도…….”

“그럴… 까요?”

“네. 부장님이 그때까지 버틸 가능성은 별로 없겠지만…….”

한 면인 유리를 통해 밖을 내다보며 잔잔하게 웃는 류 약사. 순간, 길모는 자신도 모르게 그녀의 어깨를 돌려세웠다. 그 다음은 길모도 기억하지 못한다. 그저 중력에 끌리듯, 봄살이 새싹을 쓰다듬어 꽃을 피우듯 그녀를 당겼다는 것뿐.

땡!

엘리베이터가 1층에 멈췄을 때 길모는 류 약사와 키스를 하고 있었다. 어찌나 깊게 빠진 건지 사람이 탄 것도 알지 못했다.

"흠흠!"

키스는 눈치 없는 올라탄 아줌마 하나가 한 헛기침 때문에 끝나고 말았다. 류 약사는 얼굴을 붉히며 먼저 내렸다.

"언제 가세요?"

건물 입구에서 길모가 물었다.

"일주일도 안 남았어요."

"또 볼 수 있나요?"

"……."

"잘 다녀오세요. 건강하게……."

길모가 손을 내밀었다. 류 약사 역시 하얀 손을 내밀어 길모의 손을 잡았다.

호사다마(好事多魔)!

그것은 인생.

흥진비래(興盡悲來).

고진감래(苦盡甘來).

그 또한 인생.

더불어 가는 사람 잡지 못하고 오는 사람 막지 못하는 것 또한 관상가의 숙명이리니.

길모는 관상책에서 읽은 구절 하나를 곱씹으며 카날리아로 향했다.

일이 있어 다행이었다.

바빠서 더욱 다행이었다.

손님들이 몰려들자 류 약사에 대해 다시 생각할 시간도 없었다. 이날의 압권은 노봉구였다. 사업가 둘을 데리고 온 그는 얼굴이 굳어 있었다. 사업가들과 얘기할 때도 그 얼굴은 다 펴지지 않았다. 양세하 때문이었다.

"양 여사 왔었지?"

사업가들을 먼저 보낸 노봉구가 물었다. 옆에 있던 아가씨까지 내보낸 후였다.

"예."

길모가 대답했다.

"허어, 이거 참……."

깊은 탄식이 흘러나왔다. 길모는 그 앞에 서서 담담한 표정으로 귀를 기울였다.

"자네는 알았나?"

"무슨 말씀이신지……."

"내가 양 여사를 여기로 보내지 않았나? 관상에 관심이 많길래 말일세."

"……."

"그런데 그 여자가 살인범이라니? 제 형부와 언니를 죽인 것도 모자라 희대의 계 사기를 친 사기꾼?"

"……."

"와서 뭘 묻던가?"

"그저 소소한 일신상의 문제를……."

"그러니까 자네는 알았냔 말일세? 양 여사가 살인범이라는 걸?"

"그냥 형옥의 상이 있다는 것만……."

"사람 알 수 없다니까. 그렇게 애교가 넘치던 여자가……."

"너무 마음 쓰지 마십시오. 사람은 본디 이중적인 존재가 아닙니까?"

"이중적인 존재?"

"아니, 삼중적인 존재일까요? 어떤 신앙가가 쓴 책을 보니 그런 말이 있더군요. 사람 안에는 내가 아는 나와, 남이 아는 나와, 나도 모르고 남도 모르는 내가 있다고……."

"관상전문가로서 동의하는 말인가?"

"예!"

길모는 바로 대답했다.

상은 본시 타고난다. 그러나 변한다. 얼굴만 해도 그렇다.

이제는 인공적인 탈바꿈까지도 가능하지 않은가? 그것만 봐도 이중적이다. 거기에 심상이 보태지고, 거기에 변화가 뒤따른다.

세상이 바뀌는 건 치열이 움직이는 것과 같고 얼굴이 변해가는 것과 같다. 변하지 않는 건 아무것도 없다.

"아무튼 오늘은 기분이 그랬네. 내가 헛살았나 싶기도 하고 말이야. 살인자와 거래를 했다니, 그런 여자를 홍 부장에게 소개를 했다니……."

노봉구는 고개를 저으며 룸을 나갔다.

어쩌면…….

그래서 인생은 더욱 살 만하다. 산전수전 다 겪은 사채업자조차도 모르는 내일이 있기 때문이다.

다음 날 아침 신문에 양세하의 박스 기사가 실렸다. 그동안 경찰 조사가 완전히 마무리된 모양이었다. 기사를 본 길모는 혀를 내둘렀다.

그녀는 생각보다 더 악랄하고 악독했다.

계 사기를 치기 전에는 친구들을 부추겨 투자 자금 명목으로 사기를 쳐 풍비박산된 친구가 한둘이 아니고 술집을 할 때는 취객 바가지 전문이었다. 나아가 미성년 아가씨를 감금하면서 성매매까지 강요해 그중 한 명이 자살을 한 전력까지 나왔다.

[으아, 오싹하네요.]

옆에 있던 장호도 몸서리를 쳤다.

'인간의 이중성…….'

그 끝 간 데 없는 위장막. 겉보기에는 푸근한 이모 풍에 애교 넘치는 사업가로 보이는 양세하. 그러나 그 이면에 표독한 칼날을 품고 사람들을 농락했을 걸 생각하니 모골이 송연해졌다.

'그렇게 보면 내가 김태한, 그 인간을 도운 셈인가?'

생각이 거기까지 가자 선웃음이 나왔다.

분명 양세하를 벗겨먹으려고 접근했을 김태한. 그녀가 구속되었으니 좋은 사냥감 하나를 놓친 셈이다. 물고 물리는 인간 군상들의 행보는 정말 가관이 아닐 수 없었다.

룸 정리가 끝났을 때, 옷을 갈아입고 나오는 창해가 보였다.

"홍 부장님!"

“뒷방 탔냐?”

길모가 물었다. 서로 바쁘다 보니 얼굴보기 바쁜 창해였다.

“마지막 손님 얘기가 좀 길어져서요.”

“그래?”

“부장님, 요즘 너무 잘나가는 거 아니에요?”

“아이고, 그런 말 마라. 실속은 너희들이 최고지…….”

“저기… 부장님이 아는 기부 단체가 있다면서요? 거기 명함 좀 줄래요?”

“기부?”

“사기도박 전문가라는 인간이 팁을 찔러주고 갔는데 도박판에서 나온 거 같아 기분 더러워요. 그래서 기부나 하려고요.”

“그것도 좋지. 나쁜 돈도 세탁하면 좋은 돈이 되거든.”

“네?”

“그 팁 말이야. 어려운 사람 손에 들어가면 천사의 돈이 될 테니까.”

길모는 웃으며 헤르프메의 명함을 건네주었다.

악중선 선중악!

악당도 착한 일을 하고 착한 사람도 나쁜 일을 한다고 한다. 창해의 경우는 뭘까? 날마다 천변만화하는 인간의 마음, 착실한 아가씨에서 지름신 에이스로 변한 창해.

결벽증으로 시작되는 기부가 그녀에게 재변신의 기회가 될 수 있을까?

* * *

아침잠을 푹 자고 겨우 정상적인 라이프 사이클(?)을 찾은 길모는 반가운 전화를 받게 되었다. 금고의 달인 박공팔이었다.

—오늘 시제품이 나온다는데 오실 텐가?

새 단골 영입을 위해 사회 저명인사들을 검색하던 길모, 두말할 것도 없이 오케이를 놓고 말았다.

[어, 오늘 텔레비전 들어오기로 했잖아요?]

자리를 비우던 장호가 길모를 돌아보았다.

"그건 네가 받아라."

[뭐 그래도 되긴 하지만…….]

"들어보고 마음에 안 들면 바로 뺀찌, 알았지?"

[사운드도 빵빵해야겠죠?]

"당연하지. 우리가 거금 들여 사는 텔레비전인데."

거금은 거금이었다. 찌질한 웨이터 생활에 찌든 후로 변변한 거 하나 장만해 본 적이 없는 길모와 장호. 새 집으로 옮긴 김에 큰마음 먹고 벽걸이 텔레비전을 신청한 것이다.

[으아, 이제 프로야구나 농구 같은 거 실감 나겠어요.]

길모가 결정을 내리자 장호는 침대에서 뒹굴며 좋아했다. 옥탑방에서 똥배 불룩한 구형 텔레비전과 더불어 살았던 장호. 한 아름만 한 화면을 보려고 생각하니 당연한 일이었다.

[형, 로봇 청소기 오면 내가 써봐도 되죠?]

"그럼, 아예 작동시켜 놓고 출근해라."

길모는 차 키를 흔들며 현관을 나섰다.

지잉!

문이 맑은 금속음을 내며 열렸다.

"들어가시게!"

옆에 있던 박공팔이 안을 가리켰다. 선 사장도 먼저 들어가라며 손을 뻗었다. 길모는 실험실 안으로 발을 옮겼다.

"……!"

두 개의 금고가 거기 있었다. 갓 세상에 나온 금고라 번쩍번쩍할 줄 알았지만 그건 아니었다. 금고로서의 형태는 완전하지만 겉모양은 생 철판이었다.

"설계와 디자인만 끝난 거라네. 내구력과 보안성을 통과해야 해서 도색은 하지 않았네."

길모를 위해 박공팔이 설명해 주었다.

그사이에 반대편 문이 열리더니 10여 명의 장정이 들어섰다. 절반은 빠루와 해머 등을 들고 있고 절반은 청진기를 걸치거나 맨손이었다.

"시작할까요?"

선 사장이 박공팔에게 물었다.

"그러시죠."

박공팔이 신호하자,

"시작합시다!"

선 사장의 지시가 떨어졌다.

두 개의 금고.

난다 긴다 하는 금고의 달인들이 달려들었다.

상금은 무려 3,000만 원. 열기만 하면 주머니가 두둑해지는 것이다. 희망자에게는 각 15분의 시간이 허용되었다. 첫 번째 시도자는 15분을 다 채우고 손을 들었다. 그때부터 시간이 좁혀졌다. 세 번, 네 번째 시도자들은 한두 번 공략 끝에 포기하고 만 것이다.

“팀으로 갑시다!”

지켜보던 개발팀장이 오더를 바꾸었다.

그러자 여럿이 한 팀을 이루어 금고에 달라붙었다. 연장 팀은 빠루는 물론 드릴과 절삭기, 내시경 등의 연장을 이용해 금고를 박살 낼 기세고, 맨손 팀은 금고 따기 기술자 팀으로 잠금장치를 분석하기 시작했다.

“형님, 보고만 있을 겁니까? 우리끼리는 안 될 거 같으니 좀 도와주세요.”

“이쪽도 마찬가지입니다.”

10분이 지나자 두 달인에게 SOS가 들어왔다. 지켜보던 이대윤과 박공팔이 금고로 다가섰다.

“이번엔 쉽지 않을 겁니다.”

개발팀장은 자신만만한 표정이었다.

“어이, 홍 부장!”

금고 앞에 퍼질러 앉은 박공팔이 길모를 불렀다.

“한 번 보시겠나? 혹시 영감이 올지 모르잖나? 열기만 하면 상금도 짭짤하고…….”

“제가 무슨…….”

길모는 슬쩍 꽁무니를 뺐다. 호기심은 솔깃하지만 함부로 나설 자리가 아니었다.

"한 번 해봐. 내가 열면 기회도 없을 테니."

박공팔은 반강제로 길모를 주저앉혔다. 길모는 하는 수 없는 척 금고를 바라보았다.

"……!"

요즘 많이 쓰는 금고와 크게 다르지 않은 금고였다. 다이얼대신 디지털 키, 거기에 더해진 유려한 빗장장치…….

길모는 어색한 척하며 디지털 키를 잡았다.

'실린더식 핀 텀블러 자물쇠…….'

길모는 자물쇠의 정체를 알았다. 그러나 핀의 모양이 스페셜했다.

보통은 번호가 맞으면 톱니가 핀을 밀어 올려 모든 핀의 위치가 플러그의 경계선과 일치할 때 플러그가 회전하는 방식이다. 그런데 톱니 모양에 2단 변화가 있어 정밀성이 극한에 이르고 있었다.

예컨대 바늘 하나 정도의 차이만 있어도 열리지 않는 것이다.

길모는 이리저리 몇 번을 돌려보고는 박공팔에게 어깨를 으쓱해 보였다. 열 수 있지만 열지 못하는 데도 연기가 필요했다.

"그럼 비켜보시게나!"

마침내 박공팔이 나섰다. 옆을 보니 이대윤도 빠루질을 시작하고 있었다. 누가 빠를까? 이제 실험실 속의 모든 눈은 두 사람에게 꽂혀 있었다.

15분!

타이머가 15분을 지나자 선 사장의 입가에 미소가 흘러나왔다. 시제품이 합격점을 받은 것이다.

철컹!

소리는 박공팔 쪽에서 먼저 났다. 이어 이대윤도 빠루 끝에 걸린 철판을 당겨 금고의 입을 열었다. 고작 2분 차이였다.

"수고들 많았습니다."

선 사장이 박수를 치며 수고한 사람들을 격려했다. 금고 따기에 동원된 사람들에게는 각자 두둑한 수고비가 지불되었다. 봉투는 길모 손에도 쥐어졌다.

"저는 그냥 구경 온 건데요?"

길모가 말하자 개발팀장이 웃으며 설명했다.

"이 안에 들어온 사람에게는 다 지불하는 겁니다. 제 사정 봐서 좀 받아주세요."

길모는 박공팔을 바라보았다. 그가 고갯짓을 하자 길모도 봉투를 받아 들었다.

"자, 그럼 기자들 모셔서 시제품 설명회 엽시다."

선 사장은 밝은 목소리로 개발팀장을 재촉했다.

"우린 잠깐 나가 있을까?"

실내가 분주해지자 박공팔이 길모의 어깨를 잡았다. 실험동 뒤로 나오기 무섭게 줄을 지어 입장하는 기자들이 보였다.

"선용금고 인기가 대단한가 보네요?"

길모가 말했다.

"그럼. 더구나 거의 무이자의 시대 아닌가? 거기에 5만 원권이 나오면서 돈 좀 있는 사람들은 죄다 개인금고를 찾으니 금고 호황시대라고 할 수 있지."

"고문님도 금고가 있습니까?"

"나 같은 사람이 무슨… 금고가 있다고 해도 넣어둘 건 후회밖에 없다네."

후회!

그 말이 마음을 찔러왔다.

"별말씀을……."

"피우려나?"

박공팔이 담배를 꺼내 내밀었다.

"저는 괜찮습니다."

"끊은 건가? 술집 직원들은 대개 담배를 피우던데?"

"담배를 피우니 민감한 손님들이 입 냄새 난다고 해서……."

"자네야말로 진정한 프로로군. 손님을 위해 담배까지 끊다니……."

박공팔의 입에서 진한 연기가 밀려 나왔다.

"아까 그 금고 말이야……."

아주 담담한 목소리…….

"열 수 있었지?"

"네?"

"이상도 하지. 내가 볼 때는 자네도 충분히 열 것 같은데 말이야."

"아직도 제가 형이랑 겹쳐 보이나 보죠."

길모는 조용한 미소로 비켜갔다.

"혹시 말이야……."

박공팔은 길모의 질문과 상관없는 쪽으로 대화의 머리를 돌렸다.

"겁악제빈 말일세……."

"……?"

"형이 다른 말은 없었나?"

"무슨?"

"절대금고, 즉 대한민국 첫 번째로 어려운 조합의 금고 기어."

박공팔의 시선이 길모를 쏘아보기 시작했다.

사찰의 금고…….

그건 한국에서 두 번째로 어려운 조합.

그때 궁금하던 절대금고. 한국에서 첫 번째로 어려운 조합의 금고……. 박공팔의 입에서 그게 튀어나왔다.

화두를 날린 박공팔은 길모에게서 눈을 떼지 않았다.

두 번째 조합은 이미 열었다.

그러나 박공팔 혼자 힘으로 연 건 아니었다.

"그 첫 번째로 어려운 절대금고 말이야……."

"절대금고? 그런 금고도 있습니까?"

길모는 대수롭지 않은 척 대꾸했다.

"있지. 자네 형도 관심을 가졌던……."

'호영이?'

심장이 쿵 하고 소리를 냈지만 길모는 내색하지 않았다.

"형에 대해 아는 게 많지 않습니다."

"그렇겠지. 하지만 말이야 피붙이들은 통하는 게 있어. 자네도 그렇지 않나? 나는 사찰에서 느꼈다네."

"무슨 말씀을 하시는 건지……."

"자네 형은 겁악제빈이라고 말했지만 나는 기술자의 똥고집이자 오기라네. 아무도 열지 못한 금고기에 도전해 보고 싶은 것. 사찰의 금고도 그래서 기꺼이 나선 거고."

"우리 형이 겁악제빈이라고 말했습니까?"

"그렇다네. 그 금고… 겁나게 불손하거든."

'불손?'

"주인 외에는 아무도 열 수 없는 절대금고… 그 주인은 왜 그게 필요할까? 자랑할 일은 아니지만 내가 남의 집 담을 넘으면서 금고를 딴 경험에 의하면 튼튼한 금고를 가진 사람일수록 뒤가 구린 놈들이 많았네. 그렇기에 멀쩡한 은행을 놔두고 금고에다 돈을 쌓아두는 거 아니겠나?"

"그럴 수도 있겠군요."

"그 절대금고는 원래 영남 지역 큰 거상의 것이었다네. 그 격에 걸맞게 금고도 겁나게 크지. 듣기로는 상인 집안에 솜씨 좋은 장인이 있어 직접 만들었다더군. 이 양반 가문이 경제 부흥기에 돈을 많이 벌어서 어려운 사람을 많이 도왔는데 그러다 정권에 밉보인 모양이야. 그때 총칼 앞에 통째로 뺏긴 후로는 검은 돈을 넣어두는 금고로 변질되었지. 해서 정권이 바뀔 때마다 실세들에게 넘어가는 등의 부침을 거듭하다가… 지금은 이 양반 집에 들어가 있지. 한 몇년 되었다네."

박공팔이 명함 한 장을 흔들었다.

손중산—중산교역 회장.

이름 석 자가 길모의 눈에 또렷이 들어왔다.

"어떻게 그렇게 자세히?"

"말했잖나? 기술자의 오기라고… 내 평생 그거 한 번은 열어

보고 싶어서 말이야."

"열어서 뭐 하시게요?"

길모가 빙긋 웃으며 물었다. 박공팔의 분위기가 너무 진지했기 때문이었다.

"겁악제빈!"

길모의 웃음은 그 한마디에 벼락처럼 끊겨 버렸다.

겁악제빈, 그렇다면 박공팔 그걸 열어 어렵고 힘든 사람을 돕겠다는 뜻. 동시에 그 금고 속에 든 돈은 부패의 결과라는 뜻이었다.

"손 회장… 내가 알기로는 옛날 정권의 대리인이야. 그건 교도소에 깔린 내 정보망을 통해 확인한 거니까 틀림없어. 정권이 특정인이나 특정 사업을 봐주고 만든 비자금을 관리하고 있는 거지. 지금까지는 숨을 죽이고 있었지만 이제 기지개를 켤 시간이 되었네. 다시 말하면……."

박공팔은 담배를 비벼 끄고 말을 이어갔다.

"좀 늦으면 금고를 여는 보너스가 없을 수도 있다는 거……."

"저는 모르겠습니다. 왜 그런 말씀을 하시는 건지……."

"몰라? 그럼 헤르프메는 아나?"

"……?"

"놀랄 거 없네. 나도 헤르프메에 기부를 하는 사람이니까."

"박 고문님이요?"

"헤르프메… 윤호영에게 얼핏 들은 적이 있었지. 그런데 이번에 홍 부장을 만난 게 신기해서 알아보니 자네도 거기를 후원하고 있다더군."

"그건 그냥 팁 나오는 것 중에서……."

"그 피가 어디 가겠나? 자네 형 윤호영의 꿈이었으니… 어떤가? 그 돈은 어차피 썩은 돈이네. 금고가 열리면 더러운 정치자금이 되어 각종 선거나 이권에 개입하겠지. 그보다는 어려운 사람들 손에 돌아가는 게 좋지 않겠나?"

"박 고문님……."

"성공하면 그 돈은 전부 헤르프메에 기부하겠네. 나는 돈보다는 오기 때문이라네. 좋게 말하면 도전정신이랄까?"

"……."

"한 번만 도와주시게. 그저 사찰에서처럼 영감만 나눠주면 된다네. 내가 전에는 실패했지만 자네가 있으면 될 거 같아서 하는 말이야. 손 회장의 집… 내가 몇 번 점검해 봤는데 들어가기에 별로 어렵지도 않거든. 금고 열기가 어려워서 그렇지."

"그건 안 됩니다!"

길모, 잘라서 말했다.

마음속에는 호기심이 들끓었다. 하지만 상대는 금고털이 전과자. 이건 공식 요청으로 사찰의 금고를 여는 것과는 판이하게 다른 일이었다.

"이보게. 홍 부장, 이건 자네 형도 바라던 일이라니까."

"형에 대해 제가 잘 모른다고 하지 않았습니까?!"

"그 금고는 부패한 금고네. 정권 실세들이 권력을 이용해 국부를 빼돌려 치부해 둔 거라고!"

"그럼 경찰에 신고를 하시죠."

"……?"

“저는 못 들은 걸로 하겠습니다. 그리고 가게 문 열 시간이라 이만…….”

길모는 묵례를 남기고 당차게 돌아섰다.

그러나!

마음만은 그 자리에 남겨두었다.

박공팔, 그의 눈은 진지했다. 길모에게 허언을 한 게 아니라는 뜻이다.

그렇다면, 그런 금고가 있다면, 그건 길모가 열어주셔야 했다. 그래서 고통받고 희망을 잃은 사람들에게 산소처럼 돌려주고 싶었다.

그렇다고 해도 일에는 순서가 있었다.

돈 앞에는 장사가 없는 법.

친구도 없는 법.

그렇기에 이런 일은 길모 혼자 하는 게 옳았다. 저들이 흔히 하는 말 독고다이, 무소의 뿔처럼 혼자서 가야 했다.

“오빠! 집들이 언제 해?”

카날리아에 출근하자 유나가 물었다. 그녀 곁에는 수애와 윤미 등의 아가씨들이 바글거렸다.

길모의 일거수일투족은 카날리아의 관심사가 된 지 오래였다. 그녀들은 본능적으로 알고 있었다. 누구에게 잘 보여야 더 많은 룸에 들어갈 기회를 얻게 된다는 걸.

“집들이는 무슨…….”

길모는 대충 얼버무렸다. 느닷없이 생긴 집이라 어색했던 것이다.

"집들이 안 하면 맨날 쳐들어갈 거야. 옷 홀라당 벗고!"

유나가 협박성 발언을 해왔다.

"야, 그럼 나야 땡큐지."

"오빠야 좋을지 모르지만 경찰이 출동할걸. 그럼 잠 못 자지, 아마?"

"야, 넌 진짜 그러고 싶냐?"

"에이… 우린 팀이잖아. 오빠가 처음으로 집 샀는데 집들이도 안 해?"

유나가 울상을 지었다. 협박으로 안 되니 읍소로 바꾸는 것이다.

"알았다. 알았어. 날 한 번 잡아보자."

"이번 일요일, 그때 하자. 오케이?"

"아주 지 마음대로구나. 알았으니까 옷이나 갈아입어라."

길모는 괜한 핀잔을 주었지만 기분은 나쁘지 않았다.

마이홈!

마이카!

사실 질리도록 들은 단어였다.

남들이 집을 샀네, 차를 샀네 할 때마다 길모는 생각했다. 그까짓 개나 소나 사고 타는 집과 차가 무슨 대수냐고?

그런데 막상 길모에게 그런 일이 생기니 기분이 달랐다. 괜히 마음이 든든한 게 아닌가?

"야, 홍 부장!"

입이 슬슬 벌어지는데 뒤에서 방 사장 목소리가 들려왔다.

"사장님!"

"잠깐 들어와라."

사장은 손짓을 남기고 사무실로 들어갔다. 뒤따라 들어가니 아가씨 하나가 보였다.

'카운터?'

길모는 한눈에 알았다. 룸에 들어갈 사이즈는 아니었던 것이다.

"인사드려라. 우리 에이스 부장 홍 부장이다."

"안녕하세요?"

방 사장의 말에 이어 아가씨가 인사를 해왔다. 그사이에 방 사장이 찡긋 윙크를 날렸다. 관상을 봐 달라는 뜻이었다.

'닭상에 밋밋한 이마…….'

특별한 건 없었다. 이마가 밋밋하고 명궁의 빛도 그저 그렇다. 산근까지 빈약하니 조상이나 부모덕은 없는 여자. 하긴 그렇기에 좋은 직장에 가지 못하고 술집 카운터를 보러 왔겠지.

조금 더 살펴보니 양 이마에 점이 박혀 있다. 왼쪽 것에 살포시 붉은 기운이 감돌았다. 큰 욕심이 없는 여자다. 더구나 조신스럽다는 반증이니 카운터를 맡기기에는 딱이었다.

"같이 일하게 돼서 반가워!"

길모는 아가씨에게 악수를 청했다.

합격!

방 사장도 되묻지 않았다. 물장수 짬밥이 몇 년이던가? 그 역시 눈치라면 만랩을 채우고도 거슬러 받을 사람이었다.

아가씨의 이름은 주연수. 카운터는 이제 그녀의 몫이었다.

바람이 세찬 밤, 1번 룸의 세 번째 손님은 천경대 회장이었다. 반갑게도 모상빈과 함께였다.

"꼬냑 두 병 주시게. 모 대인과 각 한 병씩 먹고 파하게."

천 회장의 주문은 시원했다. 아가씨는 혜수와 승아가 들어왔다.

"중국에 다녀오셨다고?"

술잔이 몇 번 돌자 천 회장이 길모에게 물었다.

"예."

"이거 이러다가 중국 사람들이 홍 부장을 채갈까 봐 걱정되는군. 그 친구들이 요즘 지구 곳곳에서 무차별 쇼핑을 하고 다닌다던데……."

"별말씀을……."

"보아하니 식견 좀 있는 양반이 관상 때문에 사업차 모셔간 모양인데 재미난 에피소드 없었나?"

천 회장이 묻자 모상길의 시선까지 쏠려왔다.

"그게… 중국에서 관상대가를 만났습니다."

"관상대가?"

천 회장보다 모상길이 먼저 반응했다.

"자칭 중국 관상군자 3인방의 한 분이라고……."

"저런, 그런 대가를 만났단 말인가?"

모상길의 입이 쩌억 벌어졌다.

"모 대인님도 알고 계십니까?"

"알다마다. 현역을 떠나니 눈이 닫히고 귀가 열리지 뭔가. 그러니 소문이란 소문은 여과도 없이 빨려들어 온다네."

"그렇군요."

"거기 3인방이라면 왕기세와 소천락, 그리고 진붕이 꼽히지. 셋 다 달마대사에 버금갈 정도로 천기를 읽어낸다 들었네만……."

"제가 만난 건 소천락 대인이었습니다."

"오, 저런, 저런. 그래 어떻던가?"

"몇 마디 좋은 말씀을 나눠주셨는데 정말 대단하더군요. 배울 점이 많았습니다."

길모는 겸손하고 짧게 대답했다. 그 마음을 알아챘는지 혜수와 승아도 조용한 미소를 지었다.

"하긴 자네라면 그 3인방에 꿀릴 거 없지. 모르긴 해도 그 양반, 식겁했을 걸세. 손바닥만 한 한국에서 온 청년, 나이도 어린 자네가 이룬 관상의 도에 대해 말이야."

"아무튼 대인님 덕분에 좋은 경험을 한 거 같습니다. 그래서 저도 따로 인사드리려던 참인데 이렇게 와주시니……."

"인사는 무슨. 오히려 내가 인사를 와야지. 자넨 내 밑이 아니라 내 위라네."

"그런 말씀을……."

"허어, 이거 듣자니 점점 조바심이 나는군요. 중국 관상계까지 압도하고 온 홍 부장이라니……."

대화를 듣고 있던 천 회장, 목이 타는 지 술잔을 비워냈다. 그러더니 길모를 바라보며 말을 이었다.

"그럼 말일세, 글로벌해진 그 안목으로 이 사람 관상 좀 봐주시게나."

천 회장이 꺼내놓은 건 사업가 사진이었다. 나는 60대 중반, 두루 무난하지만 딱히 큰 인물로 보이지는 않았다.

"이건 복채!"

천 회장은 사진 위에 봉투를 올려놓았다.

"뭘 봐드릴까요?"

사진과 복채를 집어든 길모가 물었다.

"그릇이 얼마나 되나? 삼천리금수강산 집어삼키고 해외로 나갈 만한가?"

"잠시만요."

길모는 사진을 집중했다. 얼굴은 매끈하다. 혈색이 좋으니 밥굶을 걱정은 없는 관상. 그러나 기세 속의 기세는 그리 강하지 않았다.

'얼핏 보면 호랑이상이지만 찬찬히 들여다보면 여우상…….'

답은 오래지 않아 나왔다. 사진의 주인공은 허장성세의 상이었다.

한때는 호가호위를 했을 것으로도 보였다. 하지만 여우가 언제까지나 호랑이의 위세를 빌릴 것인가? 세월은 가는 것이니 여우도 나이를 먹는다.

"호가호위(狐假虎威) 하나 일장춘몽인 상입니다. 다만 아직은 기세가 다 바닥난 게 아니니 작은 힘 정도는 기대할 만합니다."

"호가호위?"

천 회장이 고개를 들었다.

"여복이 많은 상이라, 그 덕에 호랑이 위세를 누리는 것으로 보입니다."

"하긴 그 친구, 듣자니 옛날 정권의 비밀금고 역할을 했다는 말도 있고……."

금고!

그 단어가 길모의 호기심을 잡아끌었다.

정권이 끝나면 단골로 이어지는 비자금 이야기. 정권의 금고 역할이라면 비자금과도 다르지 않을 것 같았다.

"홍 부장이 부정적인 거 같으니 이 오더는 접는 게 좋겠군요."

천 회장이 혼자 중얼거렸다.

"내 생각에도 그런 거 같습니다."

모상길도 길모를 지지해 주었다.

"허어, 그렇잖아도 워낙 큰 제안이라 망설이던 차였는데 홍 부장 말을 들으니 개운해지는군요."

"그나저나 정권의 금고라니… 그런 말들이 사실입니까?"

모상길도 궁금한 모양이다.

"저도 잘 모릅니다. 그냥 저쪽 찌라시를 모으다 보니 딸려왔지 뭡니까? 하지만 찌라시라는 게 워낙 반은 맞고 반은 틀리는 거라서……."

"정권이라면 어떤 관계?"

"그게 뭐라더라… 전직 대통령의 배다른 동생이라는 말도 있고… 전직 대통령의 비밀 금고라는 말도 있고… 아무튼 설이 좀 많더군요."

"금고라면… 자금 융통을 해달라는 건 아니겠군요?"

"반대입니다. 시들시들한 코스닥 기업 몇 개를 패키지로 인수해서 글로벌 기업으로 엮고 싶다는 의향을 비치더군요. 제가 그 회사들 지분하고 사채를 좀 쥐고 있어서 입김이 되거든요."

"으음… 그렇다면 정말 돈은 좀 있는 모양이군요. 패키지라면 자금이 엄청나게 들 텐데……."

"그래서 저도 소문이 맞나 의심을 했습니다. 그 또한 자금 세탁이 아닙니까? 알짜만 손을 대면 세간의 관심을 가지니까 그걸 피하기 위해 허접한 물건까지 껴안을 속셈일 수 있지요. 이게 햇빛 속에 번 돈이라면 이런 배팅이 들어올 리가 없거든요."

"허헛, 그것 참… 정권을 잡으면 다들 한몫 잡는 모양이군요."

"요즘이야 잘 모르지만 예전에는 그 맛에 정권 잡았던 거 아닙니까? 시절이 수상하니 알아서 기는 사람도 많았고……."

"이거 술이 팍 깨는군요."

"아무튼 이 일은 없던 걸로 하렵니다."

천 회장은 길모가 내려놓은 사진을 구겨 쓰레기통에 던져 버렸다.

"홍 부장!"

길모와 단둘이 남게 된 모상길이 입을 열었다. 천 회장이 바람을 쐬러 나가자 승아가 따라 나갔다. 이어 혜수까지 다른 룸의 지명을 받아 인사를 간 까닭이었다.

"말씀하십시오."

"중국 관상은 수준이 어떻던가?"

모상길, 아무래도 그게 궁금한 눈치였다.

"제가 만난 소 대인은 나이가 연로하여 상안(相眼)의 빛이 바랬지만 그래도 그 날카로움과 직관력은 따가울 정도였습니다."

"홍 부장이 인정할 정도면 알 만하군."

"저도 같이 간 분의 비즈니스 도운 정도라 자세히는 경험하지 못했습니다."

"아무튼 대단하이."

"별말씀을……."

"그런데 말이야 관상왕도 실연을 당했나? 간문에 시름이 들었어."

"……."

"미안하이. 내가 헛소리를 한 모양이군."

"아, 아닙니다. 좀 그런 일이 있었습니다."

"흐음… 역시 그렇군. 제아무리 관상왕이라도 관상쟁이의 운명에서 움직이는 것……."

"관상쟁이의 운명이라면?"

"우스갯소리지만 그런 말이 있잖나? 중이 제 머리 못 깎는다는 말… 관상쟁이들을 보면 말일세, 오는 사람은 많은데 정 줄 사람이 많지 않지. 더구나 여자는 말이야. 허장성세랄까?"

"……."

"농담일세. 자네야 관상쟁이가 아니라 관상신에 가까우니 입만 살은 우리네와 같을 리가 없지."

모상길이 웃었다.

밖에서 돌아온 천 회장은 남은 술을 비우고 돌아갔다. 진짜 부자는 술 매너도 다르다. 아가씨와 웨이터 대하는 법도 다르다. 그들은 결코 오만하지 않는다. 그러나 필요할 때는 위엄을 뽐거나 배팅을 한다. 아무 데서나 '내가 누군 줄 알아?' 하는 저렴한 졸부들과는 차원이 다른 것이다.

"어우, 좀 있다 가시지. 모 선생님께 뭐 좀 물어보려고 그랬는데……."

룸으로 돌아온 혜수가 아쉬운 표정을 지었다.

"관상 때문에?"

길모가 물었다.

"네!"

"그럼 나한테 물어봐."

"됐어요. 부장님한테 물어볼 게 따로 있고 모 선생님께 물어볼 게 따로 있거든요."

"뭐 그럼 근간 내가 따로 한 번 모실게. 좀 한갓진 날……."

"정말이죠?"

"그렇다니까."

길모는 대답을 하며 허리를 숙였다. 장호가 쓰레기통을 비우려 했기 때문이었다.

"잠깐만!"

길모는 장호를 말렸다. 그런 다음에 쓰레기 속에서 사진을 꺼내 들었다.

[천 회장님이 버린 거잖아요?]

"그래……."

길모는 구겨진 사진을 펼쳤다. 혜수에게 호가호위의 샘플로 삼으라고 할 참이었다. 그런데,

'응?'

무심코 뒷면을 보던 길모의 눈이 휘둥그레졌다. 뒷면에 쓰인 사진의 이름 때문이었다.

〈손중산〉

손중산…….

어디서 들어본 이름일까? 길모는 잠시 생각에 잠겼다. 머리는 팽팽 돌아 금고의 달인 박공팔까지 짚어갔다. 거기서 길모의 머리에 불이 번쩍 들어왔다.

손중산!

박공팔이 말하던 바로 그 금고. 한국에서 최고로 열기 어렵다는 금고의 주인이었다.

금고! 정권! 비자금!

세 가지가 어울리자 길모의 호기심에 쓰나미가 일었다. 부패한 돈을 담은 금고가 있다. 그 금고는 대한민국 최고의 금고 따기 달인도 열지 못한다.

그렇다면!

그 금고를 열어야 할 사람은 한 사람밖에 없었다.

내친 김에 손중산의 부계와 모계를 따라 올라갔다. 아버지는 보이지 않고 어머니만 나왔다. 편모슬하에서 자란 사람. 장호가 인터넷에서 그녀의 사진을 찾아냈다. 누군가 그녀의 칠순잔치 사진을 올린 게 걸린 것이다.

"……!"

길모는 고개를 저었다. 모계 쪽 상은 박약했다. 상으로 보아 남편 사랑도 받지 못할 여자다. 그나마 재복궁은 박하지 않아 돈 걱정은 하지 않을 상이었다.

그럼 더 따질 것도 없이 부계 쪽 상을 받았다는 것. 하지만 아버지를 일찍 여의었다니 사진이 나올 리 없었다.

"장호야!"

[예?]

"그만하고 전직 대통령들 사진 좀 뽑아봐라."

[대, 대통령이오?]

놀란 장호가 헛손질을 연발했다.

"그래."

[대통령은 왜요?]

"왜? 대통령 관상 보면 불법이냐?"

[그건 아니지만…….]

"뽑아봐. 얼굴 깔쌈하게 나온 걸로."

[알았어요. 그거야 뭐…….]

식은 죽 먹기죠. 장호는 거기까지 수화를 그린 후에 화면에 집중했다.

그건 식은 죽 먹기가 맞았다. 그저 검색만 하면 주르륵 쏟아져 나왔기 때문이었다. 길모는 용안을 하나하나 체크했다. 그러다 한 대통령 사진에서 시선이 멈췄다.

'이분이신 것 같군.'

길모의 눈꺼풀이 파르르 떨었다.

부계와 모계가 적당히 섞여 알아보기 어렵지만 특징만은 빼다 박은 모습. 그러니까 손중산은 사진의 대통령과 연관(?)이 있는 게 분명해 보였다.

길모는 긴장을 달래며 천천히 얼굴을 짚어나갔다. 시간은 뒤로 달렸다. 손중산의 나이로 보아 한참을 거슬러 올라가야 했다.

'대통령이 20대 후반 때…….'

답이 나왔다. 관상으로 보아 예전 대통령이 20대 후반에 낳은 자식으로 보였다. 그렇다면 대통령은커녕 정가에 입문하기도 전이었다.

'하긴 그렇기에 대선에서 문제가 되지 않았겠지.'

꼭꼭 숨어라.

머리카락 보인다.

술래잡기처럼 제대로 숨긴 모양이었다.

대한민국은 프랑스가 아니다. 혼외 자식이 있다면 대통령은커녕 국회의원, 아니 동네 동장도 해먹기 어려운 게 대한민국의 정서가 아닌가?

다시 대통령의 용안을 보니 치밀성이 돋보였다. 이쯤 되니 임기를 마친 이후까지도 이 문제가 도드라지지 않은 모양이었다.

[전직 대통령도 1번 룸에 모시게요?]

느닷없는 장호의 질문.

"어? 그거 굿 아이디어다."

[진짜요?]

"안 될까?"

[에이… 그런 사람들은 괜히 와봤자 모시기 어렵기만 하지…….]

"맞다. 나도 대통령은 사절이다."

길모가 웃었다.

대통령!

과거에는 요정에 들르는 대통령도 있었다. 요정은 뭐 하는 곳인가? 물론 술집이다. 그럼 요정과 룸싸롱, 텐프로는 뭐가 다를까?

이 문제는 룸도리, 즉 룸싸롱을 탐방하며 풍류를 논하는 룸 논객들의 말을 빌리면 간단하다.

요정에는 풍류가 있다.

룸싸롱에는 풍류가 없다.

그들은 간단하게 선을 긋는다. 동시에 개탄한다. 대한민국 고급 술집에서 유흥의 낭만과 풍류가 사라졌다고.

요정은 과거 기생집의 전통을 이었다.

기생집!

한때는 잘나갔다. 여기서 말하는 기생집은 퇴물 작부가 젓가락을 두드려 장단을 맞추는 싸구려 술집을 말하는 게 아니다.

조선시대는 말할 것도 없고, 기생의 역사는 한말까지 면면이 이어져 왔다.

급기야는 권번까지 생겼다. 과거 서울에는 한성권번, 대동권번, 한남권번, 조선권번 등이 있었고 평양과 부산, 대구, 함흥, 진주 등에도 권번이 있었다. 이곳에서는 음악, 무도, 예절 등을 필수과목으로 정해 기생을 양성할 정도.

그리 멀지 않은 과거에 사라진 명월관은 기생집의 대표로 꼽히며 이후로 요정들이 그 대를 이어갔다. 그들 또한 술집에 다르지 않지만 나름 유흥 문화가 있었다. 질서가 있고 낭만이 있었다.

기생들은 지금처럼 얼굴과 몸매로 승부하는 게 아니라 기예를 갖추고 있었던 것이다. 그들은 예와 기를 바탕으로 기생의 프라이드(?)를 지켜왔다.

그뿐인가?

이들 기생집과 요정에서는 음식 문화도 중요시되었다. 예를 들면 냉면 같은 경우가 그렇다.

이 냉면이 장안의 한량들 사이에 퍼진 계기가 바로 조선 황실의 요리사가 궁궐에서 나와 기생집 명월관에서 선보인 거라는 말이 나올 정도였다. 그러니까 기생집에는 주력 요리까지도 구비하고 있던 셈이다.

그런데!

룸싸롱에는 그게 없다. 속전속결에 목적지향성이다. 기생집처럼 느긋하고 멋들어진 밀당을 하는 게 아니라 돈으로 배팅을 한다.

"얼마면 돼?"

이 한마디가 룸싸롱의 격을 떨어뜨렸다. 음식 문화도 사라지고 풍류도 멸종되었다. 룸도리들은 그 현실을 개탄하고 있다.

그래서 대통령은 룸싸롱에 오고 싶어도 올 수 없다. 룸싸롱은 어느새 사치와 향락, 퇴폐 업소로 인식되었기 때문이다.

"이분 사진 몇 장 뽑아놔라. 얼굴 윤곽 잘 나온 걸로."

길모가 당부했다.

상대는 무려 전직 대통령. 아무리 전직이고, 세상이 천지개벽해 술자리에서 단골 술안주로 씹히는 세상이지만 법의 잣대로 보면 막 볼 사람들이 절대 아니었다.

그러니 보다 신중하는 게 좋았다. 더구나 천 회장이 들은 찌라시 정보가 맞다면 엄청나게 큰 건이 될 수도 있는 일. 이래저래 신경을 쓸 수밖에 없었다.

'예전 대통령의 숨겨둔 아들이 움직인다? 그것도 막강한 비자금을 가지고?'

그래봤자 구린 돈.

동시에 헤르프메 재단 사업에 박차를 가할 수도 있는 돈.

길모에게는 그랬다.

'기대되는걸?'

길모는 장호 몰래 미소를 삼켰다.

"홍 부장님!"

그때 승만이가 다가왔다.

"왜?"

"좀 나가보세요. 누가 오셨는데……."

"손님?"

"그건 잘 모르겠어요."

"그래? 누구지?"

길모는 고개를 갸웃거리며 계단에 올라섰다.

"어, 아저씨!"

길모를 기다리는 사람은 놀랍게도 공원에서 만났던 노숙자였다.

"홍 부장님!"

노숙자의 이름은 권혁세. 그는 반색을 하며 다가왔다.

"여긴 웬 일로?"

"웬일은요? 인사도 드릴 겸 매상 올려주러 왔지요."

"매상… 요?"

길모가 놀라 고개를 들었다. 이 사람, 제정신인가? 노숙자 신세 벗어난 지 얼마나 되었다고 텐프로엘?

"실은 홍 부장님이 웨이터라기에 조그만 술집인 줄 알았어요. 마침 오늘, 중국 파견 팀이 연수가 끝나는 날이라 회식을 했는데 가게가 가깝길래……."

"아, 네……."

"그런데 아까 그 웨이터에게 물어보니 여기 술값이 어마어마하다고 하더라고요."

"……."

"그래도 여기까지 왔으니 술 한 잔 따라드리고 가고 싶은데……."

"그러지 않으셔도 됩니다. 저도 얘기 들었는데 애들하고 합쳤다면서요?"

"그래서 더 고마움을……."

"……."

"부탁합니다. 파견 수당 받았으니 술 한 잔만 대접하게 해주세요."

권혁세가 웃었다. 진솔해 보였다. 잠깐 길모가 오해한 것처럼 돈 생겼다고 한 잔 빨러온 막장은 아니었다.

"좋습니다. 들어오세요!"

길모는 권혁세를 받아들였다. 따지고 보면 그를 수렁에서 건져낸 게 길모. 그러니 고마움을 표시하려는 사람을 강제로 돌려보내는 것도 마땅한 일은 아닌 것 같았다.

"여기 맥주 기본이 얼마죠?"

1번 룸에 들어서기 무섭게 메뉴를 물어보는 권혁세. 그러면서 지갑을 꺼내든다.

'푸훗!'

길모는 웃음이 나오는 걸 억지로 참았다. 권혁세의 지갑에는 만 원권 다섯 장이 들어 있었다. 그러니까 이 사람, 아직 텐프로의 감을 못 잡고 있는 셈이었다.

"다섯 병에 오만 원 드리죠."

길모, 웃으며 대답했다.

"어유, 역시 비싸네요. 그래도 주세요."

[형!]

복도로 나온 장호가 울상을 지었다.

"왜?"

[우리가 무슨 호프집이에요? 맥주 주문을 받게? 더구나 꼴랑 5만 원이면 안주값도 안 되잖아요?]

"순박해서 좋지 않냐? 인사차 왔다니까 얼른 세팅해 드려라. 다음 손님 곧 오실 거야."

[알았어요.]

맥주 다섯 병에 안주 하나!

카날리아가 오픈한 이래로 가장 소박(?)한 세팅이 이루어졌다. 물론, 아가씨도 없었다.

"한 잔 받으세요!"

권혁세는 자리에서 일어나 두 손으로 맥주병을 내밀었다. 길모도 선 채로 잔을 받았다.

"시원하게 드세요. 오늘은 맥주지만 다음에 돈 많이 벌면 제가 와서 고급 양주 한 병 쏘겠습니다."

"그러세요. 제 술도……."

길모는 잔을 비워내고 권혁세의 잔을 채워주었다.

"정말 고맙습니다. 덕분에 직장도 생기도 애들과도 함께 살고… 요즘은 자다 일어나서 살을 비틀어 본다니까요. 모든 게 다 꿈만 같아서……."

"아저씨 관상은 괜찮아요. 이제부터 일이 술술 풀릴 겁니다."

"내가 솔직히 말해서 하느님도 안 믿고 부처님도 안 믿지만 부장님 관상은 믿습니다. 아, 이런 족집게를 어떻게 안 믿어요?"

"긍정적인 모습을 보니 저도 좋네요."

"그럼요. 같이 있던 노숙자들이 저를 얼마나 부러워하는 줄 압니까? 다들 비결 알려달라고 난리예요."

"그래요?"

"그래서 말인데……."

권혁세가 잔을 내려놓고 길모의 눈치를 살폈다.

"왜요?"

"이번 주말에 제가 밥 얻어먹던 급식소에 일일배식 자원봉사를 가거든요. 우리 애들하고 같이……."

"이야, 그거 잘 생각하셨네요? 다른 노숙자들에게 귀감도 될 테고……."

"제가 주제에 무슨 귀감이 되겠습니까만은 애들에게 아빠가 편하게 지내느라 늦게 온 게 아니라는 것도 알려줄 겸……."

"네."

"그래서 말인데 부장님, 혹시 시간 나시면 같이 좀 가주실 수 있을까요?"

"제가요?"

"친하게 지내던 사람에게 홍 부장님 얘길 했더니 난리더라고요. 제발 한 번만 볼 수 없겠냐고……."

"……."

"물론 바쁘신 건 알지만 홍 부장님이 가주시면 노숙자들에게 큰 힘이 될 것 같은데……."

"……."

"노숙자들, 진짜 괜찮은 사람들 많습니다. 다만 그 시름이나 사연이 너무 무거워 실의에 빠져 있는데 상당수는 길만 제대로 알려줘도……."

"하지만……."

"부탁입니다. 아니면 홍 부장님 일하는 곳을 알려달라고 하던데 사정들이 워낙 딱하니 제가 알려줄지도 모릅니다."

권혁세는 점점 더 진지해졌다.

"하핫, 아주 협박을 하시는군요."

길모가 웃었다.

"해야죠. 노숙자들이 얼마나 절실한지 아십니까? 협박해서 작은 도움이라도 될 수 있다면 진짜 하고 싶습니다."

"좋아요, 가드리죠."

길모, 권혁세의 제의를 받아들였다. 절대금고부터 할 일이 많지만 조급할수록 일을 그르치는 법. 이럴 때일수록 느긋하게 임하는 게 좋았다.

"정, 정말입니까?"

"그럼 어쩝니까? 노숙자들이 여기 와서 진을 치면 손님들이 다 달아날 텐데……."

"고맙습니다, 진짜 고맙습니다."

권혁세, 벌떡 일어서더니 허리를 90도로 숙였다.

"알았으니까 이제 그만 가보세요. 애들이 기다릴 텐데……."

"그러죠. 그럼 계산을……."

권혁세가 지갑을 털어 5만 원을 꺼내 들었다.

"그냥 가세요. 아저씨 취직 기념으로 제가 쏘는 겁니다."

"에이, 그러면 안 되죠. 원래 취직해서 생긴 돈은 소중한 사람에게 먹이거나 입혀야 복이 되어 돌아오는 겁니다. 왜 첫 취직하면 부모님 속옷 사다드리잖습니까?"

권혁세는 기어이 돈을 길모의 주머니에 쑤셔 넣었다.

"하지만 남은 건 제가 가져가겠습니다. 안주는 애들 간식으로 주고 술은 피곤할 때 한 잔씩……."

그러더니 테이블에 남은 맥주와 안주를 주섬주섬 챙기는 권혁세. 길모는 장호를 불러 쇼핑백을 가져오게 시켰다.

"그럼 주말에 뵙겠습니다. 꼭 오셔야 합니다!"

권혁세는 몇 번이고 다짐을 주고서야 어둠 속으로 달려갔다.

"어이, 홍 부장!"

권혁세가 나가자 이 부장이 다가왔다.

"네?"

"지금 장난해? 방금 그 인간 꼴랑 맥주 다섯 병 시켰다며?"

"예."

"그게 말이야 방구야? 여기가 무슨 동네 찌질이들 드나드는 술집이냐고?"

"죄송합니다. 하지만 제가 미래에 투자한 거라서……."

"아, 됐고, 아무튼 물 관리 좀 하자고. 대박 매상 올린다고 허접 매상이 허용되는 건 아니야. 알잖아?"

"예……."

이 부장은 까칠한 눈길을 던지고 돌아섰다. 사채업자 때문이다. 초저녁에 수금을 나왔던 사채업자. 보나마나 이 부장을 닦아세우고 갔을 터… 그러니 밤새 배알이 뒤틀릴 이 부장이었다.

'당신은 죽었다 깨어나도 몰라.'

길모는 이 부장의 사나운 어깨를 바라보며 말을 이었다.

'유난동당의 이 즐거움…….'

아무도,

그 즐거움을 뺏을 수는 없었다.

* * *

팟!

흐린 오후, 길모는 2미터가 좀 넘는 담벼락을 넘었다. 몸은 전보다 가벼워 점프 타이밍이 좋았다. 착지도 부드러웠다. 발목의 부담이 줄어든 것이다.

텅 빈 마당에서 축구공을 집어 든 길모는 담 너머로 집어던졌다. 그런 다음, 다시 점프에 이어 랜딩을 했다.

"와아아, 짱이에요!"

아이들이 환호를 했다. 아이들이 넘긴 공을 되찾아왔기 때문이었다.

"아저씨, 슈퍼맨이에요? 그거 어떻게 하는 거예요?"

아이들이 사라지자 뒤에서 지켜보던 키 작은 아이가 물었다.

"슈퍼맨이 아니고 파쿠르라는 거다. 너도 할 수 있어."

"진짜요?"

"그럼. 덩치 큰 애보다 작은 애가 더 유리하지. 순발력이 되니까. 배우면 친구들에게 인기도 좋아지고."

"그럼 나 좀 가르쳐 주세요."

"응?"

"저 왕따거든요. 키 작다고 여자 애들까지 무시해요."

"그래? 하지만……."

"안 되겠죠? 어른들도 저를 별로 좋아하지 않아요."

"그래서 안 되는 건 아니고 처음엔 좀 힘들어서 그래."

"그래도 괜찮은데……."

"진짜 배우고 싶냐?"

"네!"

아이는 씩씩하게 고개를 끄덕였다.

"그럼 내일 여기로 나와라. 나는 너무 고수라서 안 되고 중학생 형이 또 있으니까 그 형한테 배워. 내가 전화는 해줄게."

"진짜죠?"

"이름은?"

"명호, 오명호요!"

그 길로 길모는 가끔 파쿠르를 함께 하던 학생에게 전화를 걸었다.

키는 작고 잘하는 게 없는 아이. 그러면서 인기도 없는 아이. 어릴 때의 길모와 여러 공통점이 있었다. 그때 길모를 살린 건 파쿠르였다. 거들떠보지도 않던 친구들. 그러나 길모가 파쿠르를 배워 방방 날아다니자 대하는 게 달라졌다.

왕따를 벗어나는 길.

사실은 간단하다.

그건 뭔가 하나 주특기를 갖는 것이다. 잘하는 게 있는 아이는 왕따당할 확률이 확 줄어든다. 누구든 내가 못 하는 걸 잘하는 사람을 보면 무시하지 못하는 법이니까.

[그냥 형이 가르치지 그래요?]

집으로 돌아오는 길에 장호가 물었다.

"옛날이라면 몰라도 지금 안 돼."

[왜요? 형도 아직 전성기라고요.]

"네가 볼 때만 그렇지."

길모는 고개를 저었다. 파쿠르는 학생들이 유리하다. 배가 나오기 시작하면 끝장이니까. 지금의 길모는 그저 관록으로 버티는 것에 불과했다. 그런 주제에 새싹을 가르칠 수는 없었다.

삐딱한 스승에게 배우면 삐딱한 자세가 나오게 마련이었다.

[오, 마이 홈!]

오피스텔 문이 열리자 장호가 두 팔을 벌리며 감격을 누렸다.

이제는 익숙해질 만도 하건만 여전히 좋은 모양이다.

하긴 길모도 그리 다르지 않다. 문을 여는 순간 마음이 편안해지는 건 숨길 수 없었다. 이래서 내 집인 모양이다.

"자, 그럼 몸도 풀었으니 비즈니스 좀 해볼까?"

길모는 대통령 사진을 펼쳤다. 이런저런 각도에서 찍은 사진이 여섯 장이었다. 그사이에 손중산의 사진을 놓았다.

척 봐도 닮았다. 얼굴보다 이미지가 그랬다. 파고들면 다른 데가 많지만 닮은 게 보이는 걸 어쩌란 말인가?

[이 사람이 열기 불가능한 금고를 가지고 있다고요?]

의자를 당겨 앉은 장호가 물었다.

"그래. 클래스 나인의 마법이라도 걸어둔 모양이다."

[열려라 참깨, 뭐 그런 거요?]

"그런 금고도 나왔다더라."

[어, 정말요?]

"그럼. 목소리로 열리는 금고에 물체가 반경 내에 접근하면 카메라가 작동되는 거, 비밀번호가 세 번 이상 틀리게 입력되면 주인의 전화에 알람을 보내는 것, 금고가 기울어지면 자동차 도난 방지 벨처럼 소음을 울리는 것 등등 진화에 진화를 거듭하고 있지."

[우와!]

장호가 혀를 내둘렀다. 그건 길모도 그랬다. 선용금고 개발실에서 금고 기술에 대한 브리핑을 들을 때였다. 온갖 첨단기술이 응용된 금고의 출시가 가까웠다는 말은 확실히 신경을 거슬렀다.

그러나 한 가지는 변하지 않았다. 바로 금고 개폐의 원리. 금고를 여는 도구나 방법은 열쇠, 번호, 지문 등으로 변해가겠지만 내장 잠금장치의 원리는 변하지 않았다.

'대통령의 가족…….'

길모 손에 들린 대통령의 자녀는 다섯 명. 그러나 어릴 때 셋은 죽고 둘만 남았다. 이들도 어릴 때부터 외국에 나가 있어 국내에는 자녀가 없는 셈.

'자녀궁을 보니 자녀는 모두 여섯…….'

여섯!

그렇다면 손중산이 숨겨둔 자식일 가능성은 높았다.

하지만 길모는 전직 대통령의 가족 관계에는 관심이 없었다. 문제는 비자금.

박공팔이 말한 금고 안에 진짜 천문학적인 비자금이 있다면? 그게 이제 슬슬 빛을 보기를 원한다면? 그 빛은 반드시 힘들고 어려운 사람을 위한 것으로 만들고 싶었다.

'일단 손승락을 한 번 봐야 할 텐데…….'

길모는 사진을 주물럭거렸다. 님을 봐야 뽕을 따는 법. 손중산을 보게 되면 매사에 도움이 될 건 확실했다.

그때 길모의 전화가 울렸다.

"회장님!"

주인공은 최 회장이었다.

―이어, 홍 부장!

"안녕하세요?"

―나야 홍 부장 덕분에 안녕하지. 홍 부장은 어떤가?

"저도 물론 회장님 덕분에… 집하고 차는 정말 고맙습니다."

—공치사 듣자고 한 말은 아니고 약속 지키려고 전화했네.

"약속요?"

—이제 일이 좀 마무리되어서 말이야. 중국 진출 본부 임직원들 목에 때 좀 벗겨주려고 하는데 예약 좀 되겠나?

"그야 물론이죠. 언제든지 환영입니다."

—그럼 날을 좀 잡아주시게.

"뭐 회장님이 오신다면 오늘이라도 상관없습니다."

—그 말 책임질 수 있나?

"그럼요. 그 정도는 조절이 가능합니다."

—우리가 한 120여 명 갈 건데도?

"네?"

120여 명? 길모는 귀를 의심했다. 텐프로 하면서 20여 명 단체까지는 본 일이 있었다. 하지만 100명이 넘는 단체는 보고 들은 적이 없었다.

"지금 몇 분이시라고?"

—우리 총괄본부 임직원 전부하고, 협력업체 임원들, 거기다 비서실에 사외이사님들까지 붙이니 그렇게 될 것 같네. 어쩌면 몇 분 더 늘지도 모르고.

"……!"

—오늘은 안 되겠지?

전화기 너머로 최 회장의 미소가 느껴졌다. 당연히 불가능한 일이었다.

"제가 날 잡아서 바로 연락드리겠습니다."

―뭐 너무 무리면 말씀하시게. 우리 접대비 다 퍼부어도 상관 없지만 카날리아의 공간 문제도 있을 테니까.

"예, 회장님!"

길모는 가뜬히 전화를 끊었다.

[최 회장님이시죠?]

"그래!"

길모는 귀밑까지 올라가는 입을 주저앉히며 대답했다.

[매상 올려주시러 오신 대죠?]

"그러신단다."

[그런데 왜 날 잡아요? 마음 변하시기 전에 바로 초대하시지.]

"그게 말이야……."

길모는 잠시 뜸을 들이며 말을 이었다.

"자그마치 100명이 넘게 오신단다. 그러니 사장님하고 부장님들에게 협조를 받아야지."

[에? 열 명도 아니고 100명요?]

"일단 120명 예상이시란다!"

[우와, 대박!]

"장호야, 우리 하이파이브 한 번 하자. 손바닥이 찢어지도록!"

[으아악, 형!]

장호는 하이파이브를 대신해 몸을 날려 길모 품에 안겼다.

억억, 장호표 환호도 오랫동안 이어졌다. 120여 명. 카날리아의 역사를 다시 쓸 초대형 예약. 더구나 중국 진출에 성공한 최 회장이니 매상 또한 신기록이 나올 건 의심할 여지가 없었다.

"몇 명?"

길모의 이야기를 전해 들은 세 부장의 귀와 눈이 뒤집혔다. 방 사장도 마찬 가지였다.

"진짜냐? 120명?"

"아… 몽몽 최 회장님이 실없는 소리 하실 분입니까?"

길모가 주위를 환기시켰다.

"그렇긴 하다만 나도 겪은 적이 없는 일이라서……."

방 사장의 눈이 서 부장에게 돌아갔다. 서 부장 역시 어깨를 으쓱할 뿐이었다.

"다른 사람들 의견은 어때?"

"어떻긴요? 카날리아의 경사 아닙니까? 시간대 맞춰서 무조건 협조해야죠."

서 부장은 흔쾌히 길모 편에 섰다. 하지만 모든 사람이 같은 마음인 건 아니었다.

"뭐 좋은 일이긴 하지만 그렇다고 어떻게 홍 부장 스케줄에 다 맞춥니까? 나도 예약받은 게 있는데……."

이 부장은 못마땅한 표정이었다.

"뭐 나도 그렇긴 하지만 어쩌겠어? 대를 위해 소를 희생하는 수밖에."

그래도 강 부장은 좀 나았다. 여기서 짚고 가자면 대의니 소의를 따질 필요가 없었다. 부득 VVIP 예약 시간과 겹치지만 않으면 고집을 부릴 일도 아니었다. 120여 명이 길모 손님으로 온다고 해서 그 매상을 전부 길모가 가지는 것도 아니었다.

물론 길모에게 유리한 건 절대 사실이다. 다른 룸에서 매상을 올린다고 해도 그 손님은 길모의 지명손님. 그러니 매상의 일정 부분은 길모에게 가산되는 게 보통이었다.

"어떻게 보면 카날리아 홍보할 좋은 기회잖아? 이런 단체손님은 흔한 게 아니니까."

이런 저런 잡설은 서 부장이 나서서 교통정리를 했다. 이렇게 해서 최 회장의 단체손님은 내일 밤 아홉 시로 결정되었다.

120명!

모든 게 풀가동되어야 할 판이었다. 그나마 단체 룸이 있어 다행이었다. 그렇지 않다면 다른 룸싸롱을 빌려 손님을 쪼갤 수밖에 없었다.

술! 아가씨! 안주!

보조 웨이터! 주차 공간! 세차 알바! 대기 기사!

길모는 숨이 턱에 차도록 뛰었다. 가상 시나리오를 돌려 보니 모자라는 게 한둘이 아닌 것이다. 게다가 한꺼번에 들이닥칠 손님이 아닌가?

갑호 비상령!

그야말로 그것에 버금가는 일이었다.

그리고…….

마침내 그날이 밝았다. 겨우 한잠을 붙이고 출근한 길모는 모든 상황 점검을 끝냈다. 대기실에는 때아닌 전운이 감돌았다. 긴장했지만, 표정은 다들 밝았다.

이렇게 방대한 규모의 손님들. 그것에 대한 기대감 때문이었다.

"홍 부장님, 오십니다!"

룸이 완전히 빈 아홉 시, 밖에서 세차 알바들을 교육하던 승만이 뛰어내려 왔다.

"홍 부장, 나가봐라!"

방 사장이 길모의 등을 밀었다. 길모는 장호와 함께 계단을 올랐다.

"홍 부장!"

최 회장은 첫 세단에서 내렸다. 이어 이사급 임원이 뒤를 이었다. 이 세상 어떤 국빈이 이들처럼 반가울까?

"어서 오십시오!"

길모는 정중히, 그 어떤 날보다 정중히 최 회장을 맞았다. 고개를 드니 신사들의 행렬이 꼬리를 물고 있었다. 그들 중에는 여자 간부도 보였다.

"어서 오세요!"

아가씨들도 모두 나와 통로를 이루며 단체손님을 맞이했다. 길모는 미리 비서실에서 받은 손님 레벨을 고려해 룸을 배정했다. 최 회장과 초고위급들은 당연히 1번 룸, 나머지 이사들은 2번 룸 하는 식이었다.

짝짝짝!

룸 배정이 끝난 길모가 1번 룸에 들어설 때였다. 최 회장을 위시한 고위급 다섯 명이 일동 기립하여 박수를 보내왔다.

"회장님……."

길모가 어리둥절하자 최 회장이 입을 열었다.

"이 친구가 바로 자기 눈을 걸고 하남성 입성을 성공시켜 준

홍 부장입니다. 그 전에는 본부장 선발까지 도왔으니 우리 몽몽의 중국 진출 일등 공신이지요."

박수는 계속 이어졌다. 얼굴이 화끈해진 길모는 고위직들을 향해 묵례를 올렸다. 또 한 번의 뜨거운 보람을 느끼는 순간이었다.

"홍 부장!"

박수가 끝나자 최 회장이 길모를 바라보았다.

"예!"

"술 창고는 가득 채워놓았겠지?"

"예. 말씀만 하십시오."

"술 종류는 비서실에서 전해 들었을 테고……."

"네. 회장님!"

"그럼 세팅하시게. 오늘은 제대로 좀 달려봐야겠네."

최 회장은 넥타이까지 느슨하게 풀었다.

"그런데……."

"왜? 할 말이 있나?"

"죄송하지만 비서실에서 술을 한 종류만 지정해 주셔서……."

"그게 왜?"

"다른 방 때문에 말입니다."

"아, 비서실에서 그 말은 안 한 모양이군. 우리, 오늘은 계급장 떼고 나이 떼고 무조건 통일이라네. 술 통일, 안주 통일!"

"예?"

놀란 길모가 고개를 들었다. 최 회장이 주문한 건 병당 500만 원짜리 꼬냑이기 때문이었다.

"미리 예약한 거니까 책임지고 구해서 돌리시게. 다 똑같이!"

최 회장은 잘라 말했다.

"우워어!"

머리에 지진이 난 사람은 방 사장이었다. 병당 500만 원 꼬냑이면 쉽게 구하기 어려운 술. 더구나 예비용까지 마련해야 할 판이었다.

"야, 오 사장, 나 한 번만 밀어줘라."

"글쎄, 되는 대로 다 보내라니까. 현찰 준다고, 현찰!"

"없어? 그럼 앞으로 나랑 거래 끊고 싶어?"

방 사장은 읍소와 협박을 반복하며 서울과 경기도의 주류 거래처를 싹쓸이하다시피 했다.

[형, 빨리 들어오래요!]

술 수급을 체크할 때 장호가 달려와 수화를 그려댔다.

"야, 빨리 들어가 봐라. 최 회장님 마음 바뀔라."

방 사장은 전화기를 잡은 채 길모의 등을 밀었다.

"어이쿠, 홍 부장, 왜 이렇게 바쁘신가? 빨리 오시게."

최 회장은 아예 옆 자리를 비워놓고 있었다.

"자. 한 잔 받으시게나. 그리고 여기 우리 실세님들 관상도 좀 봐주시고. 누가 나한테 칼을 품고 있나 말이야."

"아, 회장님 진짜… 지금 살생부 쓰시려고 우리 간부들 전부 데려오신 겁니까?"

"어, 그거 좋은 생각이군요. 홍 부장, 각 룸에 돌아다니면서 누가 배신할 상인지 좀 체크해 주시게. 내가 이번 참에 조직 정비 좀 해야겠어."

"그럼 이거 격려주가 아니고 살생주가 되겠군요. 누구든 홍 부장에게 찍히면 바로 모가지가 될 판이니!"

한 고위층이 자기 목을 긋는 시늉을 냈다.

그러자!

"홍 부장, 이거 챙기고 나는 좀 좋게 말해주시게. 난 이 나이에 기러기 아빠라서 몽몽에서 짤리면 한강교에 올라갈 판이네."

그 옆의 고위층이 10만 원권 수표를 팁으로 내놓았다.

"어, 구 전무님, 그러면 반칙이죠. 우리 공정하게 합시다."

고위층들의 분위기는 점점 더 화기애애하게 변해갔다.

다른 방은 이미 고조되어 여기저기서 환성이 터져 나왔다. 홍연 때문이었다. 길모의 마음을 알았는지 유나와 짝을 이룬 홍연은 룸마다 방문하며 뇌살적인 율동과 섹시함으로 분위기를 띄워놓았다. 처음에는 다소 멋쩍어하던 간부들. 홍연이 들어가면 바로 댄싱머신으로 변했다.

그건 혜수나 민선아, 안지영 등이 넘볼 수 있는 경지가 아니었다. 움직임 자체가 고혹적인 홍연의 몸매와 댄스 본능은 유감없이 발휘되었다. 한마디로 홍연의 날이었다.

이날 최 회장이 올려준 매상은 전체 3억 7천만 원. 한 룸에서 나온 매상은 아니었지만 그래도 기록적이었다. 어쨌든 길모 개인의 기록이기 때문이었다.

더불어, 며칠 쉬었음에도 불구하고 단숨에 매상 톱으로 올라가는 순간이었다.

[형!]

최 회장의 단체손님이 가자 장호가 달려들었다. 그런데 장호는 길모 몸에 닿지 못했다. 홍연이 길모를 가로챈 것이다.

"뭐야? 둘이 맨날 붙어살면서… 이런 날은 우리가 안아줘야지."

그러면서 터져라 길모를 안아버리는 홍연. 그 틈에 그녀의 몸 여기저기에서 5만 원권이 줄줄 흘러내렸다. 룸을 돌 때마다 간부들이 찔러준 팁이었다.

"야아, 돈이다. 먼저 줍는 게 임자!"

그걸 보던 유나가 승아를 끌고 달려들었다.

"야, 남의 팁 가로채면 3년 동안 재수 없다며?"

홍연이 개구쟁이처럼 소리 질렀다. 소리 없이 깊어가는 밤. 길모에게는 밤이라서 더 행복한 시간이었다.

제6장

여유—그 신묘한 해법

"여깁니다. 홍 부장님!"

일요일 점심 무렵, 공원 구석의 무료급식 차 앞에서 권혁세가 손을 흔들었다. 길모는 차에서 내려 문을 열어주었다. 그러자 조수석의 혜수, 뒷좌석에서는 홍연과 유나, 승아가 쏟아져 나왔다.

마지막으로 장호는 바다당 하는 마후라 소리와 함께 도착했다. 길모 사단의 총출동이었다.

"인사드려라. 아빠의 구세주!"

벌써 위생복을 갖춰 입은 권혁세가 두 아이를 바라보았다.

"안녕하세요?"

남녀 초등학생이 참새처럼 입을 맞춰 인사를 해왔다. 남자가 큰 아이, 여자가 작은 아이였다.

"어머, 얘 쌍꺼풀 좀 봐. 완전 자연산이네?"

유나가 먼저 눈높이를 맞추며 반응했다.

"언니는 누구예요? 홍 부장님 여자 친구?"

"얘 좀 봐. 사람 볼 줄 아네? 그렇지? 네가 봐도 내가 홍 오빠 여친으로 보이지?"

유나가 재차 묻자 아이는 고개를 저었다.

"아니란다. 좀 비켜봐."

이번에는 홍연이 아이 앞에 섰다.

"나지? 이 중에서 언니가 제일 예쁘지?"

홍연이 묻자 아이는 배시시 웃으며 고개를 끄덕거렸다.

"아오, 역시 애들은 못 속여. 딱 보면 미인을 알아보잖아?"

기분이 좋아진 홍연이 아이를 안아 올렸다.

"이름 뭐니?"

"지은, 권지은. 언니는요?"

"나는 홍연, 서홍연이라고 불러주세요."

홍연은 지은이를 내려놓았다.

"어유, 이렇게들 많이 오셨어요? 저는 홍 부장님만 오실 줄 알았는데……."

뜻밖의 상황에 권혁세가 뒷목을 긁었다.

"우리가 원래 세트로 움직이거든요. 뭘 도와드리면 되죠?"

홍연이 물었다.

"아, 여기 소장님 모셔올게요. 미녀분들이 오셨으니 무척 좋아할 겁니다. 석호야, 지은이 좀 데리고 있어라."

권혁세는 아들에게 당부를 내리고 차를 향해 뛰었다.

그는 잠시 후에 돌아왔다. 옆에는 중년의 끝에 선 여자가 보였다.

"어머나, 무료급식한 지 15년 만에 이런 미녀 봉사자들은 처음이에요. 오늘 우리 아저씨들 아주 밥맛이 저절로 나겠는데요?"

소장이라는 여자가 반색을 했다.

"고맙습니다."

명랑한 홍연이 대표로 인사를 했다.

"그리고… 관상을 아주 용하게 보신다면서요? 우리 권 씨 아저씨에게 얘기 들었어요."

소장은 길모에게 관심을 보였다. 관상과 사주, 점 등에 약한 자, 그 이름 여자일지니.

"소장님 요즘 행복이 넘치시네요. 명궁에 보름달이 들어앉았고 간문에도 복사꽃이 피는 걸 보니 신혼부부가 따로 없습니다. 부부간의 애정이 넘치시나 본데요?"

"어머어머!"

맛보기 관상!

단 한마디에 소장은 자지러졌다.

"세상에나, 어쩜 이렇게 용하시대. 그렇잖아도 애들 없는 생활이 무료해서 오늘 급식 끝나면 우리 아저씨랑 2박 3일 대마도 가기로 했어요."

"예……."

"어휴, 진짜 영광이네. 이런 관상대가님이 왕림해 주시다니……."

소장은 길모를 툭 치며 친한 척을 해왔다. 여행상을 보려던 길모는 그쯤으로 끝내 버렸다. 별로 중요한 일도 아니었다.

"오늘 저희가 도울 일을 알려주시면 고맙겠습니다."

어쩔 줄 모르는 소장을 향해 길모가 물었다.

"그럼 관상도사님 팀이 밥 푸고 반찬 배식까지 책임지세요. 식사하러 오시는 분들도 그걸 바랄 거 같아요. 젊은 미녀와 미남이 주는 배식. 꿀맛일 거예요."

"알겠습니다."

역할이 떨어지자 길모 사단은 위생복으로 갈아입었다. 그런 다음 배식구 앞에 서서 설명을 들었다.

특식은 1인당 1개.

밥은 양껏.

기타 반찬은 배식 판에 맞게.

임무는 간단했다.

"그런데 저건 뭐죠?"

찜통 앞에 선 길모가 작은 박스를 보며 물었다.

"아, 저건 성금이에요. 절대 강요는 아니고요, 100원이든 1,000원이든 있는 대로 넣는 곳입니다. 먹는 사람은 공짜가 아니니까 떳떳하고 저희는 적으나 저걸로 콩나물이라도 한 근 더 살 수 있고… 안 넣어도 상관없는 거니까 신경 안 쓰셔도 됩니다."

소장이 설명을 했다.

그때 길모 주머니의 전화기가 울었다. 윤표였다.

"왜?"

—형, 뒤 좀 돌아보세요!

"뒤?"

길모가 고개를 돌렸다. 그러자 놀랍게도 윤표가 가까이 있었다.

"여긴 웬일이냐?"

대열을 이탈한 길모가 윤표에게 다가섰다.

"저기요."

윤표는 주차장 쪽으로 고개를 돌렸다.

"……!"

길모가 눈을 동그랗게 떴다. 세단에서 내려 위생복을 걸치는 사람. 놀랍게도 손중산이었다.

"어떻게 된 거야?"

"나도 몰라요. 형이 체크 좀 하라기에 따라다녔는데 여기로 오잖아요. 그런데 형도 여기 있으니……."

궁금증은 잠시 후에 풀렸다. 손중산이 소장에게 다가간 것이다.

'부부…….'

길모가 미간을 찡그렸다. 이런 우연이 또 있을까? 하필이면 손중산의 부인이 운영하는 무료급식소에 온 모양이었다.

"잘된 거예요? 아니면……."

"뭐 어차피 부딪칠 일이었으니 나쁘지 않지. 너도 급식 봉사 좀 할래?"

"아뇨. 난 아침부터 임무 수행했더니 피곤해요."

"그럼 가서 쉬어라."

"예. 장호한테 안부 전해주세요. 미녀들에게도!"

윤표는 하품을 쩍쩍거리며 오토바이에 올랐다.

"홍 부장님!"

차량 앞으로 나온 소장이 길모에게 손짓을 했다. 옆에는 손중락이 보였다.

"우리 그이예요. 인사 나누세요!"

소장은 서글서글 붙임성이 좋았다. 안색도 맑아 선량해 보인다.

"홍길모입니다."

"나 손중산이오!"

길모의 인사에 이어 손 회장이 명함을 건네왔다. 손중산, 박공팔에게서 받은 것과 같은 명함이었다. 절대금고의 주인. 그의 실물과 대면하는 순간이었다.

느긋함과 선행!

그 둘이 불러온 행운이다. 이 행운은 길모가 급식 봉사를 오지 않았더라면 결코 만날 수 없는 것들이었다.

"이분이 관상도사세요. 어찌나 족집게인지 아주 소름이 돋을 정도라니까요."

"그래?"

"홍 부장님, 우리 이이 어때요? 바람기는 없나요?"

소장이 웃으며 물었다.

그 틈에 길모는, 손중락을 제대로 보았다. 실물, 사진과도 또 달라보였다. 게다가 자연광에서 보는 관상이 아닌가?

호가호위!

길모가 천 회장에게 해주었던 말이다. 소장과 나란히 서니 답이 나왔다. 호가호위(狐假虎威)에서 '호(虎)'는 소장이었다. 처자지덕, 말하자면 보이처궁이라 부인 덕에 복을 누리는 상이었다.

그런데!

사진으로 보던 것과는 달리 손 회장의 명궁에는 그늘이 들었다.

'관재수?'

분명 그랬다. 크게 다칠 일은 아니지만 구설수가 있을 건 분명했다.

"두 분은 금슬 좋게 백년해로하실 상입니다."

길모는 간단히 둘러댔다.

"어머, 그거 립 서비스 아니죠?"

"그럼요. 부군께서 간문이 맑으니 일편단심이실 것 같습니다. 소장님처럼 말입니다."

"하긴 우리 아버지도 그러셨어요. 관상가에게 물었더니 이이가 평생 마누라 속은 썩이지 않을 거라고……."

"……!"

그 말에는 길모도 등골이 뜨끔해졌다. 정곡이었다. 누군지 모르지만 관상을 제대로 보는 사람이었다.

"혹시 그 관상가가 아직 살아계십니까?"

궁금증이 발동하는 길모.

"육 선생님… 살아계시기는 한데 이제 관상은 못 보세요. 워낙 연로한데다 정신병 증세가 심해져서 정신병원에 입원했다고 들었거든요. 어디라더라? 근교의 무릉 요양병원이라든가?"

'육 선생?'

"아, 기왕 보신 김에 우리 이이 사업운도 좀 봐주세요. 새 사업 구상 중인데 시기가 어때요?"

사업!

천 회장에게 던진 그 건인 모양이었다.

길모는 혼자 고개를 저었다. 손중산의 사업운은 지금이 정점이었다. 그건 하정을 봐도 알 수 있었다. 코 아래 노년의 상은 크게 길하지 않으니 현상 유지라도 하는 게 좋을 상으로 보였다.

"수삼 년은 새 사업에 뛰어들지 말고 내공을 쌓으시는 게……."

관재수 얘기는 아예 꺼내지도 않았다. 소문대로 전직 대통령 아들이거나 연관이 있다면 아름아름 줄을 타고 넘어갈 수준인 까닭이었다.

"들었죠? 당신은 지금 내실을 키울 때예요."

손중산에게 다짐을 놓은 소장은 어린 석호 남매에게 시작종의 타종을 맡겼다.

"당겨. 그럼 사람들이 오기 시작할 거야."

소장의 말을 들은 석호 남매가 줄을 당겼다.

댕그랑 댕강!

종소리는 맑았다. 소리가 퍼져 나가자 여기저기서 노숙자들이 몰려오기 시작했다. 다들 어디에 있었던 걸까? 별로 보이지 않던 인파가 금세 공터를 가득 메워 버렸다.

"자, 그럼 시작합니다!"

자리를 잡은 길모가 힘차게 말했다.

"많이 드세요!"

"좀 더 드릴까요?"

홍연과 유나의 애교작살 간드러진 목소리가 작렬하기 시작했다.

"먹고 힘내라고!"

주걱을 맡은 권혁세도 아는 노숙자들에게 격려 인사를 잊지 않았다.

"으아, 어디서 미스 코리아들이 단체로?"

"오늘 밥맛 기똥쌈빡하겠네."

노숙자와 급식 이용자들의 반응은 예상보다 더 뜨거웠다.

"아이고, 거 손 한 번만 잡아봅시다."

몇몇 노숙자는 홍연과 혜수 등에게 손을 내밀었다.

"힘내세요!"

아가씨들은 그때마다 싫은 내식도 없이 손 보시 친절을 베풀었다.

"에라, 기분이다. 난 2천 원 넣는다."

"나도 천 원은 넣어야겠는걸?"

성금함에 돈을 넣는 행렬도 길어졌다. 앞의 몇 사람이 주머니를 털자 뒤에 온 사람들도 쌈짓돈을 꺼내놓았다.

"이야, 이거 뜻밖인데요? 자원봉사도 미녀들이 하니까 반응이 다르네."

지켜보던 남자는 만면에 미소를 머금은 채 고개를 갸웃거렸다.

"물 필요하신 분요?"

이번에는 석호와 지은이가 물주전자를 들고 돌았다. 노숙자들은 저마다 손을 들어 물을 신청했다. 두 아이는 땀을 흘리며 열심히 물을 날랐다. 노숙자들의 얼굴에 와르르 웃음꽃이 피었다.

이날 무료 급식소는 기록을 세웠다. 성금함에 담긴 돈이 최초로 50만 원을 넘긴 것이다. 평소 10만 원도 될까말까 하던 걸 생각하면 엄청난 기록이었다.

"에, 여러분, 잠깐만요!"

그사이에 권혁세가 간이 식탁 앞으로 나섰다.

"저 아시죠? 저 풀빵통으로 불리던 권혁세입니다."

노숙자들은 권혁세를 주목했다.

"아시다시피 저도 얼마 전까지는 여러분과 같이 생활하던 노숙자였습니다. 그런데 유명하신 관상가의 도움을 얻어 취직을 하고 고아원에 맡겼던 아이들까지 데려오게 되었습니다."

권혁세는 찰싹 달라붙은 두 아이의 머리를 쓰다듬으며 말을 이어갔다.

"애들이 제 새끼들인데요, 제가 미리 몇 분에게 말씀드렸다시피 그 관상가 선생님을 초빙해 왔습니다. 그러니 혹시 생각이 있으신 분들은 식사 끝나고 급식차 뒤로 와주시기 바랍니다. 관상 보는 값은 받지 않으니까 걱정하지 마시고요."

권혁세는 그 말을 남기고 길모에게 다가왔다.

"차 뒤쪽으로 가시죠. 슬슬 준비해야 할 것 같습니다."

"그럴까요?"

길모는 흔쾌히 권혁세를 따라갔다.

파라솔 하나!

단출하게 준비된 임시 관상소 쪽으로 가니 소장과 손중산이 보였다.

"자리가 너무 누추하죠?"

소장이 물었다.

"아닙니다. 길바닥에서 보는 사람도 있는데요, 뭐."

"시간 되시면 아예 정기적으로 와서 좀 도와주세요. 홍 부장님이 오시니까 급식소 분위기가 확 밝아지는 거 있죠?"

"예……."

"그럼 수고하세요. 우린 부산 비행기 시간 때문에……."

"네, 잘 다녀오세요."

길모는 손중산 부부에게 묵례로 답했다.

'대마도라…….'

길모의 머릿속이 바빠지기 시작했다.

"기대되는데요?"

상상의 바다를 헤치던 길모는 혜수의 목소리에 정신을 차렸다. 혜수로서는 그럴 만했다. 온갖 삶의 편린과 풍상이 서렸을 길바닥 관상이다. 그러니 이거야말로 실전형 관상 공부가 아닐 수 없었다.

"그렇지?"

"주로 잘나가는 사람들 얼굴만 보다가 오늘은 바닥층 사람들… 궁금해 죽겠어요."

"혹시라도 자기들 무시한다고 생각할 수도 있으니 행동 각별히 조심하고.”

“명심하겠습니다. 사부님!”

혜수는 장난끼 어린 얼굴로 공손히 허리를 조아렸다.

하지만!

난감한 문제가 발생하고 말았다. 노숙자들이 너무 많이 몰려든 것이다. 일단 눈에 보이는 것만 해도 100여 명에 가까웠다.

“어, 어떡하죠?”

당황한 권혁세가 물었다. 그러자 혜수가 나섰다.

“사부님, 몇 명까지 볼 수 있으세요?”

“한 20명?”

“좋아요. 제가 정리해 드릴게요.”

혜수는 방긋 웃으며 노숙자들을 향해 돌아섰다.

“여러분, 많이들 와주셔서 고맙습니다. 하지만 우리 선생님이 이렇게 많은 분을 볼 수는 없어요. 그건 여러분도 아시죠?”

“…….”

노숙자들은 대답하지 않았다.

“그래서 오늘은 일단 대표로 20여 분만 봐드릴 예정이에요. 그러니 이분까지로 하고 나머지 분들은 구경이나 하시면 어떨까요?”

혜수가 합리적인 대안을 내놓았다. 노숙자들 일부가 불만을 나타냈지만 대충 수습이 되었다. 나머지 대다수는 파라솔 주위로 몰려들었다.

“좋아. 다들 바쁘실 테니까 진행하자고.”

관상왕 길모, 드디어 길바닥에 자리를 잡고 앉았다.

'참마검(斬馬劍)…….'

길모는 처음부터 중국의 주운이란 사람의 고사를 생각하고 있었다.

주운은 황제의 어전에 뛰어들어 간신을 처단할 참마검을 하사해 달라고 했었다. 이유는 하나. 한 간신을 대표로 처단하여 나머지를 바로 잡겠다는 뜻. 이처럼 한 사람을 본보기로 살려 노숙자들의 희망으로 삼으려는 것이다.

'자, 누구를 희망으로 삼을 것이냐?'

길모의 눈에 불끈 힘이 들어갔다.

첫 번째 차례는 점퍼를 입은 중년의 남자였다.

"나도 저 양반처럼 팔자 좀 피게 잘 좀 봐주시오."

시선을 모으던 길모는 아무도 모르게 고개를 저었다. 눈에 닿은 눈썹 때문이었다. 짧은 눈썹에 아래로 처진 모양. 게다가 두 눈썹의 높이가 달라 현재의 모습을 그대로 반영하고 있었다. 인생 중년 실패형.

"부모 운이 박하시군요."

"예!"

"자기중심적이고 행동거지에 대해 탓하는 소리 많이 들으셨죠?"

"네!"

"관상을 보니 중년에 큰 실패와 고생을 겪을 상입니다만 마음을 넓게 쓰시면 점차 회복이 될 겁니다."

"맞습니다. 제가 3년 전에 사업에 실패하고 노숙자가 되었으니… 그 전까지는 제법 나갔거든요."

"네……."

"다시 사업을 할 수 있게 될까요?"

"심신수양하신다고 생각하고 준비를 하시면 수년 내에 다시 기회를 잡을 것 같습니다."

"어떤 사업을 하면……."

길모가 보니 상은 대체로 원숭이 상.

"분주하게 움직이는 일이면 괜찮겠습니다."

첫 번째 노숙자가 일어섰다.

"나는 어떻습니까?"

두 번째 노숙자가 자리를 이어 앉았다. 하지만 길모는 그를 오래 보지 않았다.

"집의 부모님에게 전화를 해보셔야겠군요."

"집에는 왜?"

"죄송하지만 부모님께 우환이 든 것 같습니다."

길모가 본 건 남자의 미릉골이었다. 거기서 출발한 어두운 선 하나가 쭉 발을 뻗었다. 더불어 왼쪽 이마에도 검푸른 빛이 배어나왔다. 모친상이 든 것이다.

"무슨 개소리여? 우리 부모님은 나보다 더 오래 살 양반들인데……."

노숙자는 말을 듣지 않았다.

"확인해 보시고 오세요."

"아, 됐으니까 관상이나 봐줘. 난 전화도 없어."

노숙자의 말에 길모가 전화기를 내밀었다. 아무리 바쁘대도 부모의 상(喪)을 대신할 일은 없었다.

"여보세요!"

떨떠름하게 번호를 누른 노숙자. 몇 마디 하더니 바로 사색이 되고 말았다.

"이, 이런 쓰벌!"

노숙자는 전화기를 놓고 번개처럼 일어섰다.

"아, 미친 노친네. 내가 재기할 때까지 좀 기다리지."

노숙자는 머리를 쥐어뜯으며 뒤도 돌아보지 않고 뛰었다. 그러자 노숙자들이 웅성거리기 시작했다. 이 신묘함. 그들이 놀라지 않을 수 없는 일이었다.

이어 세 번째 남자가 의자에 앉았다. 오십이 살짝 지난 나이였다.

"자수성가를 하셨군요. 삶이 고단하셨겠습니다."

"……."

"거의 평생을 객지에서 사셨죠? 사지도 여러 번 헤매셨고……."

"……."

"부인은 잊으세요!"

몇 마디 운을 뗀 길모가 단호하게 말을 건넸다. 그러자 침묵하고 있던 남자가 겨우 입을 열었다.

"가능성이 전혀 없나요?"

"예. 그걸 마음에서 놓지 않으면 심장병이 깊어집니다. 이미 정해진 일이니 인연의 끈을 놓으시고 마음을 달래십시오. 그렇게만 하면 새로운 운이 찾아올 겁니다."

길모는 잔잔한 시선으로 설명했다. 남자의 얼굴에 남은 사악

한 기세. 참고 참지만 아직 다 가시지 않았다. 관골에 서린 붉은 느낌이 보인 것이다. 물론 그 기세는 눈동자에도 남아 있었다.

"후우!"

그는 깊은 한숨을 쉬며 일어섰다. 사랑하는 아내가 바람이 난 경우였다. 그 충격을 감당하지 못해 노숙자가 된 남자. 하지만 스스로를 세운다면 노숙자 신세는 금세 면할 상이었다.

다음 사람이 앉을 동안 길모는 물을 한 잔 마셨다. 한숨을 달래기 위해서였다. 예순 살에 가까운 그는 지독한 빈상이었다.

'허어!'

끝내 한숨을 내쉬고야 마는 길모. 우선 명궁부터 헐렁하게 꺼져 있다. 그것도 모자라 흉터까지 진하다. 운이 막히지 않으려면 기색이라도 좋아야 하는데 숯검댕이가 연상되니 말짱황이라. 이쯤 되면 재백궁인 코는 볼 것도 없었다. 뾰족한 코끝에 구멍까지 휑하니 평생 가난에 쩔어 살 상이었다.

가난하면 우애라도 좋을까 싶지만 눈썹조차 신통치 않다. 형제가 둘 있지만 이산가족으로 살 상이었다.

"중년까지 박복하나 노년기에 이르러 밥술은 뜨게 생겼습니다. 무엇보다 두 다리가 튼튼하니 그 다리에 복이 찾아들 것 같네요."

좋은 말로 마감했다. 아무리 악상이라도 좋은 점을 찾아 말해줘야 하는 것. 그 또한 관상가의 도리에 속하는 일이었다.

다음으로 빈천한 상의 친구가 앉았는데, 길모의 눈이 휘둥그레졌다.

똑같았다.

방금 전의 그 사람과.

그러나 딱 한 가지가 달랐다. 이 사람은 노복궁에 꽃이 피고 있었다. 멋대로 흘러내린 상이 턱에 이르러 쌓인 것이다. 풍만하고 상처 하나 없이 깨끗했다. 바야흐로 고생이 끝나고 무난한 길을 갈 상이었다.

"58세시죠?"

길모가 고개를 들었다.

"예… 아마 그럴 거우다."

58세… 뺨 아래의 유년운기부위를 보니 발그레 생기가 맺혀 있다. 이 사람은 말상. 그렇다면 책상에 앉아서 하는 일보다 힘차게 뛰는 일을 하면 운이 더할 일이었다.

"어이쿠, 고맙수다. 족집게 선생께서 해준 말이니 내 미친 듯이 한 번 뛰어보리다."

말상의 노숙자는 반색을 하며 다음 사람에게 차례를 넘겼다.

'뱀상!'

다시 중년의 남자가 앉자 길모는 눈자위를 구겼다.

"내 관상은 어떻수?"

아주 당당하게 묻는 뱀상. 길모는 부드러운 미소를 머금은 채 그에게 더 다가오라는 손짓을 보냈다. 남자가 다가오자 길모가 귀에 속삭였다.

"……!"

남자는 바로 소스라치더니 벌떡 일어섰다. 그런 다음 욕 비슷한 소리를 남기고는 멀어져 갔다.

'범죄자… 그러나 충고를 들을 사람은 아니다.'

길모는 혼자 중얼거렸다. 그래도 인격을 생각해 귀엣말로 전해주었다.

남자는 범죄자. 귀까지 쥐 귀라 형옥의 상이다. 물론 지금 자수하면 새로운 운을 만날 수 있다. 하지만 그는 받아들이지 않을 모양이었다.

그게 바로 업이다. 인생이란 이상하게도 어긋나는 경우가 있다. 조금 늦거나 조금 빠르거나 하면서.

잠시 쉰 후의 차례는 중년의 여자였다.

'과부…….'

콧대에 진하게 자리 잡은 세로 주름이 처지를 말해주고 있었다. 눈 아래의 점으로 보아 남편을 두고 불륜을 저질렀을 상. 자식도 있지만 자식의 운까지 좋지 않았다. 무엇보다 귀뿌리에 난 사마귀 흔적이 마음에 걸렸다.

'아뿔싸!'

그건 객사의 조짐이었다.

"길바닥을 헤매는 동안 가족들의 원망은 많이 사라졌습니다. 마음 편하게 먹으시고 식복을 누리세요. 잘 먹고 잘 자면 근심들이 하나둘 사라질 겁니다."

죽음을 앞둔 여자에게 더 무엇을 권하랴? 잘 먹고 잘 자는 것이야말로 그녀에게 최고의 행복이 될 일이었다.

몇 사람 더 이어지는 동안 길모는 새삼 관상의 위력에 놀랐다. 빈천이 찾아든 노숙자들, 그리고 그들 틈에 따라온 백수들… 주변에 둘러선 사람들을 돌아보아도 공통점이 보였다.

우선, 눈동자에 생기가 없었다. 이건 팔대흉상의 첫 번째에 꼽히는 일이다. 그리고…….

1) 법령이 짤막하고 약하게 보인다.
2) 단단한 턱을 가지고 있어 낭비가 심하다.
3) 귀 아래가 좁아 돈이 새나간다.
4) 눈썹이 짧다.
5) 코가 대체로 붉다.
6) 이마와 미간이 좁다.
7) 광대뼈가 튀어나오고 코가 낮다.

여기에 마음이 약한 것을 반증하는 말랑한 귀, 아랫입술이나 턱에 점이 있어 남의 빚을 대신 갚거나 보증을 선 사람, 코에 살집이 없어 생활력이 없는 경우 등이었다.

'후우!'

마지막 차례를 앞두고 길모는 숨을 몰아쉬었다. 한자리에서 20여 명의 관상을 보는 일도 쉬운 건 아니었다. 그래도 끝은 있어 줄이 휜해졌다.

길모는 가뿐한 마음으로 마지막 노숙자를 맞이했다.

'응?'

길모는 지친 시선을 가지런히 세웠다. 마지막 노숙자는 40대 초반의 남자. 잘린 듯 긴 눈에 좁은 미간, 거기다 사자코를 가지고 있었다. 거기에 더해 진한 눈썹과 네모진 이마, 그리고 커다란 귀. 한마디로 대기만성형.

그러니 노숙자들 틈에 끼어 시간을 죽일 상이 아니었다. 궁금한 마음에 자세히 짚어보니 몇 해 전에 금전운이 바닥을 쳤다. 그때 집을 나온 모양이었다.

'이 사람이다!'

길모가 긴장하기 시작했다.

"노숙자가 된 지 4년 차로군요."

"예? 예… 귀신이시네."

남자가 머쓱하게 웃었다.

"노숙자 되기 전에 뭐하셨어요?"

"뭐 조그만 회사에 다녔습니다."

조그만 회사!

거기서 단서가 나왔다. 원래 이 사람은 사업을 해야 길할 상. 왜냐면 앞을 내다보고 자기 계획을 성취할 상이기 때문이었다.

"거기서 잘리셨죠? 매사 사장이나 경영진과 의견이 안 맞아서?"

"어, 아시네? 그 인간들 쥐뿔도 모르면서 말을 들어먹어야 말이죠. 친척끼리 다 해먹는 곳이었는데 결국 나를 짜르더라고요."

그랬을 것이다. 말하자면 물고기가 숲에서 살았던 격이기 때문이었다.

"사업하세요. 그럼 운이 팍 트일 겁니다."

"사업요?"

"선생님은 남의 밑에서 일 못 합니다. 해도 인정 못 받아요."

"하핫, 내가 좀 그렇기는 하죠. 하지만 이제 이 꼴이니 비빌 언덕이 있어야 사업을 하죠. 신용불량자 된 지 오래잖아요."

"돈 있으면 하고 싶은 일은 있고요?"

"로또 맞으면 맞춤형 농수산물 직배는 하고 싶습니다."

"농수산물 직배요?"

"뭐 관상 선생은 모르겠지만 그런 게 있어요. 아, 요즘 사람들 어떤 과일이 맛있는지 어떤 생선이 수입인지 모르잖아요? 그거 대행하면 대박날 거 같거든요."

"빚 있어요?"

"뭐 좀 있죠. 몇 군데 대부업체에서 빌리고 안 갚은 게 한 5천……."

"이리 좀……."

길모는 남자를 불러 귀엣말을 해주었다. 남자의 눈이 휘둥그레지는 게 보였다.

"자자, 우리 홍 부장님이 바쁘시니 오늘은 이걸로 마감합시다. 수고하신 홍 부장님께 박수 한 번 보내주세요."

권혁세가 바람을 잡자 노숙자들이 박수를 보내왔다.

"우와, 이거 장난 아니네요?"

열심히 메모하던 혜수가 혀를 내둘렀다. 시간도 시간이지만 꼬박 선 채로 적어댔기 때문이었다.

이어 노숙자들은 하나둘 자리를 파했다.

[우리 어디 가서 시원한 생맥주나 한 잔 때려요. 좋은 일 한 기념으로!]

[좋아. 내가 쏜다!]

장호가 수화를 날리자 승아가 화답을 했다.

"야, 너희들 왜 그래? 내가 수업비 대신 쏠려고 했는데……."

메모를 챙기던 혜수가 끼어들었다.

"에이, 그럼 셋이 내. 우리 좀 거하게 얻어먹게!"

그러자 홍연이 유나의 팔짱을 끼며 소리쳤다.

길모는 권혁세와 그 아이들에게 작별 인사를 나눴다.

"진짜 고맙습니다."

"고맙긴요 덕분에 우리가 좋은 경험했어요."

길모 사단은 멀어지는 권혁세 가족에게 손을 흔들어주었다. 그 앞날에 행복이 가득하길 바라며…….

"오빠, 빨리 와요. 우리 다 탔어요."

모처럼 봉사 활동을 제대로 한 유나. 캐딜락 뒷좌석에 자리를 잡고 길모를 향해 소리쳤다. 오후부터 시작된 바람이 그녀의 머리를 마구 헝클어댔다. 하지만 길모의 눈은 엉뚱한 곳을 보고 있었다.

"오빠 왜 저래? 누가 오기로 했어?"

유나의 시선이 오토바이에 올라탄 장호에게 향했다.

[몰라!]

그때 공원 나무 뒤에서 한 사람이 나왔다. 바로 마지막 노숙자, 그 사람이었다. 그는 천천히 다가와 길모 앞에 멈췄다.

"나한테 로또 맞을 기회를 주겠다고요?"

중년의 남자 김대욱, 길모의 선택을 받은 그가 길모와 시선을 맞췄다.

수입 맥주 한 병에 해물파스타!

길모 사단의 파티는 조촐하지만 알차게 이루어졌다. 식당은

홍대 앞, 과거 홍연이 가고 싶었던 집이란다. 메뉴가 바뀐 건 길모 때문이었다. 갑자기(?) 중대한 일이 생긴 것이다.

"그럼 벌로 부장님이 내요!"

혜수는 길모에게 징벌세를 내렸다. 길모는 흔쾌히 징벌을 받았다.

파스타를 먹은 후에 혜수와 홍연, 승아와 유나는 우르르 쇼핑을 하러 갔다. 홍대 앞의 싱그러운 풍경을 보니 지름신이 강림하는 모양이었다.

[어우, 저것들은 그저 틈만 나면 쇼핑, 화장, 향수, 옷…….]

어둠이 내린 파스타 집 앞에서 장호가 수화를 그렸다.

"놔둬라. 그게 여자들 낙이란다.

[누가 출장 관상 봐달래요?]

"아니!"

[에? 중요한 일이 생겼다면서요?]

"생겼지."

[그럼 혹시 류 약사님하고 약속?]

"미안하지만 류 약사하고는 끝났다."

[에? 왜요? 유학하고 오면 만나면 되잖아요?]

"야, 내가 무슨 춘향이냐?"

[언제는 보기만 해도 안구가 정화된다더니…….]

"그것도 다 한때다."

아무렇지도 않게 말하지만 개운하지는 않은 길모. 하지만 그렇다고 해서 이팔청춘 때처럼 가슴을 후벼 파는 아픔 따위는 없었다.

돌아보면 관상 때문이었다. 뭔가 확실한 한 방을 갖춤으로써 자기 자존감이 높아진 길모. 그러니 류 약사와의 일도 크게 상심되지는 않았다. 그저 살짝 쓸쓸할 뿐.

[그럼 뭔데요? 설마 집에 일찍 가서 쉬려고?]

"빙고!"

길모는 허공에 손가락을 튕겼다. 그런 다음에 바로 핸들을 잡았다. 장호는 입술을 실룩거리며 그 뒤를 따랐다. 잠시 신호 대기에 걸린 길모는 윤표가 보내온 파일을 보았다. 손중산 회장의 집 인근 영상이었다. 길모의 특별한 일, 그건 바로 손중산이었다.

[에? 오늘 출격이에요?]

오피스텔 주차장에서 헬멧을 벗던 장호가 눈을 동그랗게 떴다. 길모가 헬멧을 꺼내 들고 그 뒤에 올라탔기 때문이었다.

"부부가 대마도 가셨으니 우리라도 그 쓸쓸한 집을 지켜줘야지."

2박 3일 대마도 여행.

집은 비어 있음.

그러니 어찌 모른 척할 것인가?

[형…….]

"바람 봐라. 죽이잖냐? 일단 확인이라도 해보고 준비가 더 필요하면 내일 정식 출격하자."

그사이에도 바람이 길모의 옷깃을 파고들어 왔다.

[알았어요. 어쩐지…….]

와다당!

장호가 거칠게 기어를 당겼다.

밤 10시 반.

주택가는 인적이 뜸했다. 길모와 장호는 이면도로에 세워진 8층 건물의 옥상에 있었다. 거기서 내려다보니 손중산의 집이 한눈에 보였다.

대문에는 보안 회사의 방범시스템 가입 표시, 마당에는 커다란 목련 나무 한 그루. 옆집과의 경계에는 담장이 보였다.

손중산의 주택은 2층이었다. 원래는 기와를 얹은 집인데 수리를 했는지 다른 마감재로 단장된 지붕이 돋보였다.

바람은 점점 거세지고 있었다. 다행이었다. 길모가 굳이 오늘 출격한 것도 바람 때문인지 모른다. 바람이 불면 보안 회사들은 머리가 아프다. 여기저기서 오작동 신고가 많아지기 때문이다.

이건 나이트클럽 웨이터 시절에 단골 대리에게 들었던 정보. 특히나 구옥이라면 더욱 그럴 가능성이 높았다.

다만 문제가 있기는 했다. 바로 CCTV였다.

진입로의 전봇대에 카메라가 보였다. 주민센터에서 방범용 내지는 쓰레기 불법투기 감시를 위해 달아둔 것이었다. 그 사정거리 또한 딱 손중산 집 앞까지였다.

물론 들어가는 것에는 큰 문제가 없었다. 반대편 골목으로 들어와 훌쩍 담을 넘으면 그만이다. 그 정도라면 거리가 멀어서 누군지 분간이 되지 않는다.

하지만 만약 금고를 열게 되면 문제가 달랐다. 천문학적 현금이라면 오토바이나 차가 필요했다. 차나 오토바이라면 경우가 다르다.

기종이나 차종이 밝혀지면 좋은 일이 아니었다.

"장호야, 혹시 모르니까……."

길모는 장호에게 당부 하나를 남기고 골목으로 접어들었다.

"……?"

그러다 바로 걸음을 멈췄다. 시야에 보안 회사의 차량이 들어온 것. 보안 직원은 차량 앞에서 집주인과 통화를 하고 있었다.

"제가 두 번이나 나왔는데요, 창틀이 허술해서 바람이 강하니까 오작동이 일어나고 있습니다. 그런 줄 아세요."

보안직원은 주인에게 통보한 후에 골목을 빠져나갔다. 바람이 강한 날, 듣던 대로 오작동으로 인한 출동이 많아진다. 직원도 사람이라 금세 면역이 생긴다.

'또 바람 때문일 거야.'

그게 사람이다. 길모의 입가에 잔잔한 미소가 스쳐갔다.

오가는 인적이 없는 사이에 길모는 정확하게 벽을 가늠했다. 담장을 넘는 데는 첫 번째 도약이 중요하기 때문이었다.

'웃!'

탄력으로 솟구친 길모, 타닥 두 번의 도약을 발판으로 담장을 잡았다. 이어 투 핸드 볼트를 응용해 담장을 넘었다. 그런 다음, 일단 뒤쪽으로 돌았다. 현관은 당연히 보안 장치가 걸리기 때문이었다. 그때 장호에게서 문자가 들어왔다.

—형, 보안 회사 출동이에요.

길모는 잠시 숨을 죽이고 상황을 주목했다. 담 너머에서 번쩍이던 경광등이 멀어지는 게 느껴졌다.

—갔어요.

오래 걸리지 않았다. 그렇다면 또 강풍에 의한 오작동으로 나온 모양이었다.

슬슬 뒤쪽으로 이동하는 길모.

"……?"

하지만 집 뒤쪽은 무리였다. 하필이면 뒷집의 2층 창과 마주 보고 있었던 것. 길모는 측면으로 와서 고개를 들었다. 2층 베란다… 몇 걸음 물러서 다시 파쿠르를 시도했다.

파앗!

벽을 딛고 도약한 길모가 난간을 잡았다. 휘청 흔들리는 반동을 이용해 한 번 더 몸을 흔들었다. 이어 턴을 하면서 베란다에 안착. 조심조심 창문을 밀었다. 소리가 난다면, 바로 튀어나가야 할 판이었다.

"……?"

한 뼘 이상 창을 밀어낸 길모가 겨우 숨을 쉬었다. 2층 창에는 다행히 보안이 걸리지 않은 상태였다. 그렇다면 이제는 거칠 게 없었다.

2층은 박물관이었다. 길모가 보기에는 그랬다. 수많은 골동품과 고서화, 그리고 그림들… 작은 랜턴을 비춰본 길모는 계단을 내려섰다.

안방에 작은 금고가 보였다. 외국 호텔에서 보는 흔한 안전금고였다. 무시해 버렸다. 다이아몬드가 들었다면 모를까 현금이라면 가득 차 봤자 수억 원에 불과할 일이었다.

길모는 거실 끝에 난 지하실 계단으로 향했다. 문은 고풍스러운 나무 문. 거기에 골동품 같은 자물쇠가 붙어 있었다. 당연히 철사 하나로 열어 젖혔다.

지하실에도 골동품이 가득했다. 주로 돌로 만든 것들이었다.

'금고…….'

…는 없었다.

'박공팔이 틀린 건가?'

맥이 탁 풀렸다. 대한민국 최고의 금고털이 박공팔. 그가 한 말이라 너무 믿은 측면이 있었다. 설령 그 말이 맞았다고 해도 그사이에 손중산이 금고를 처분했을 수도 있었다. 그것도 아니면 금고지기에게 금고를 맡긴 사람이 가져갔든지.

다시 둘러보지만 금고는 보이지 않았다. 그러다 벽에 기대선 부처상에 눈이 닿았다. 특이하게도 검은 돌로 만든 부처상이었다.

'까만 부처?'

부처상에 끌리는 건 관상 때문인지도 모른다. 부처는 완벽에 가까운 상. 그러니 어떻게 허투루 지나칠 것인가?

'부처님 명궁의 사마귀…….'

길모는 오돌도돌한 머리를 만지다가 명궁 사이에 돌출된 점을 눌렀다. 그러자 놀랍게도 부처상이 옆으로 밀려나며 통로를 드러냈다. 지하실 아래의 지하실. 그 길로 통하는 비밀 문이었다.

그런데…….

비밀 문으로 들어서려는 순간, 철컹, 현관문 열리는 소리가 들렸다.

현관문?

길모의 머리카락이 거꾸로 솟구쳤다.

"아유, 모처럼 여행 좀 가려는데 이게 뭐람."

목소리는 급식소장의 것이었다.

'아차!'

바람이 낭패였다. 손 회장과 소장은 비행기로 부산에 갈 사람들. 그러니 때 아닌 강풍에 비행편이 취소된 모양이었다.

"뭐 다음에 또 가면 되지."

손중산의 목소리는 담담해 보였다.

"다음에 언제요? 맨날 바쁘다면서……."

"그럼 어떡해? 내가 바람을 멈추게 할 능력은 없고……."

바스락 소리가 들릴 때마다 길모의 조바심이 바짝 타들어갔다. 길모는 숨소리를 고르며 전화기를 보았다. 장호의 문자는 그제야 몸부림을 치며 들어왔다.

—비상이에요. 손 회장이 집으로 들어간 거 같아요.

"……."

—들킨 거 아니죠? 잠깐 소변 좀 보는 사이에…….

그럴 수 있었다. 골목에서 손 회장의 집까지는 길어야 수십미터. 눈 깜짝할 사이에 일어날 수 있는 일이었다.

—아직은 안 들켰다.

길모가 문자를 찍었다.

—으악, 다행이다.

—아직 다행은 아니다.

—어디 갇혔어요?

—지하실. 내려오면 끝장이야. 자물쇠도 따놨는데…….

—준비하고 있다가 소리나면 나오세요.

—뭐 하려고?

—대문 앞에 세워둔 유리 박살 내고 튈게요. 그때 눈치 봐서 나오세요.

—오케이!

길모는 문자를 전송하고 숨을 죽였다.

"……!"

"……?"

몇 분이 지났을까? 유리 깨지는 소리가 들리지 않았다. 그러기는커녕 손중산의 발소리가 지하 쪽으로 내려왔다.

'젠장!'

피가 얼어붙는 것 같았다. 손 회장이 내려와 자물쇠가 개방된 걸 알면 끝장이었다. 밀치고 달아날 수야 있다지만 금고를 턴 것과는 다른 사안이었다. 좀도둑이라면, 얼마든지 신고할 수도 있었다.

바로 그때 거실 쪽에서 소장의 목소리가 날아왔다.

"여보!"

"왜?"

두어 계단 내려온 채 돌아보는 손 회장.

"거긴 또 뭐 하러 가요?"

"어? 그냥……."

"기왕 이렇게 된 거 어디 가서 와인이나 한 잔 마셔요."

"와인?"

"겨우 차려 입었는데 그냥 벗기는 아깝잖아요?"

"우리 둘이?"

"뭐 대마도 가면 우리 둘 아닌가요?"

"……."

"……."

두 사람 사이에 어색함이 가득할 때 손 회장이 입을 열었다.

"까짓것 그럽시다. 대마도에 내렸다고 생각하고."

저벅!

손 회장의 발소리를 방향을 바꿔 거실을 밟았다.

—형, 차 옆에 날라리들 둘이 붙어서 쪽쪽 빨고 있어서 유리를 깰 수가 없어요. 좀 숨어 있을 수 있어요?

장호의 문자는 그제서야 이어졌다.

—어, 손 회장 부부가 나오고 있어요.

계속되는 장호의 문자.

—잠깐 나가는 모양이다. 원래대로 움직여라.

—강행하게요?

—여행 취소한 모양이야. 그럼 내일은 더 힘들지도 몰라.

문자를 전송한 길모는 전화기를 주머니에 쑤셔 넣었다.

'후우!'

행운이었다. 동시에 실수였다.

금고를 접수하려면 부부의 관상을 제대로 보아야 했다. 특히 여행상이 그랬다. 작은 일을 간과한 게 큰 불행을 몰고 올 뻔한 것이다.

숨을 돌린 길모는 다시 검은 돌부처의 명궁 사마귀를 눌렀다.

지잉!

작은 통로가 보였다. 길모는 침을 꼴깍 넘기고 계단을 내려갔다.

지하 2층!

어마어마한 강철 문이 길모를 막아섰다. 두드려도 울림이 없을 정도로 두툼했다. 게다가 그 문에 걸린 두 개의 자물통 또한 위풍당당했다.

'밑이나 앞이 아니라 옆으로 따는 자물쇠라…….'

길모는 확신했다. 이 안에 금고가 있다면 그 돈은 정녕 구린 비자금이라고. 당당한 돈이라면 이렇게 무식한 보안 장치를 할 필요가 없었다.

철컹!

자물쇠 열리는 소리가 주변에 메아리를 이루었다. 흡사 무슨 철문 미는 소리 같은 것이다.

'끄응!'

힘껏 철판 문을 민 길모는 천천히 고개를 들었다.

"……!"

안쪽 풍경을 본 길모는 휘청 흔들렸다. 그곳은 흡사 지하 벙커처럼 보였다. 낮은 천장에 견고한 벽, 잘은 모르지만 폭격을 맞아도 끄떡없을 것 같았다.

'제기랄, 영화에서 본 히틀러의 지하요새를 옮겨왔나?'

비자금이나 비화라면 히틀러만 한 지도자도 드물었다. 세계적으로 유명한 명화를 무수히 약탈한 히틀러. 거기에 행방불명된 금괴가 산더미 같다는 소문이 아직까지도 떠돌고 있으니 오죽하랴?

후우!

길모는 천천히 숨을 골랐다. 압권이었다. 길모 앞에 서 있는 세 개의 금고. 그중에서도 오른편의 금고에는 귀격이 서려 있었다.

'신물이다!'

고수는 고수를 알아보는 것. 한눈에 짜릿한 긴장감이 건너왔다. 그야말로 손발이 오글거릴 정도였다. 두 개의 금고는 거들떠보지도 않았다. 길모는 바로 신물 앞으로 다가섰다.

외관은 소박했다. 투박한 빗장장치와 더불어 차라리 무식하게 보이는 다이얼장치. 그 밖에는 아무런 장치도 없었다.

대한민국에서 최고로 어려운 조합의 금고.

박공팔의 말이 침묵을 따라 떠돌았다.

'최고라…….'

길모는 천천히 금고를 쓰다듬었다. 서늘하다. 금속의 차가움이 아니라 본능적인 거부감으로서의 반항이었다. 손대지 마라. 나는 보통 금고가 아니니. 그렇게 말하고 있는 것이다.

'미안하지만…….'

길모는 뼈를 타고 들어오는 차가움을 참으며 뒷말을 이었다.

'나는 너를 열어야겠다.'

명제였다.

지상 최강의 금고라면,

길모가 믿는 윤호영 또한 지상 최강의 금고 따기의 고수였다. 그렇다면 상대가 될 만하지 않은가?

후웅!

금고를 쏘아보자 금도 또한 찬 빛을 튕겨냈다. 길모는 깊은 날숨과 함께 다이얼을 잡았다.

"……?"

놀랍게도 답은 한눈에 보였다.

'괜히 긴장한 건가?'

금고가 보여주는 길을 따라 기어의 각도를 맞추었다. 생각보다 싱겁게 되자 헛웃음까지 나왔다. 하지만 그건 길모의 착각이었다. 기어는 나란히 섰지만 열릴 생각을 하지 않는 것이다.

'응?'

고개를 갸웃거려 보지만 입에서는 미소가 번지는 길모.

'그럼 그렇지.'

잘못 본 게 아니었다. 말하자면 금고가 포스를 뿜고 있는 것이다. 데리고 놀아주마, 차가운 체온으로 그렇게 말하면서.

'좋아. 그 정도는 되어야지.'

같이 웃어준 길모는 다시 정신을 집중했다. 기를 모으자 또 다른 길이 보였다.

'으헉!'

안으로 질러가던 길모는 그 자리에서 엉덩방아를 찧고 말았다. 금고, 과연 신물이 맞았다. 말하자면 이 금고는 3중 안전장치를 달고 있었다. 더구나 그냥 3중이 아니었다.

'한 기어의 각도가 일치되면 다음 각도로 넘어가지 않는다.'

그게 난제였다. 다이얼이 돌아가야 번호를 맞추든지 할 것 아닌가? 어쩌면 이 금고는 사찰의 금고와 통하는 점이 있었다.

'그 금고도 이중 장치… 하나가 틀리면 연계되는…….'

길모는 가쁜 호흡을 내쉬었다. 그런 다음 길모는 수술용 장갑을 벗었다. 감각을 살리려는 것이다. 다시 장갑을 낀 길모, 차분하게 다이얼을 문질러 보고 힘도 주어보았다. 아쉽게도 변하는 건 없었다.

리셋!

그 흔한 리셋도 불가능했다. 다이얼이 딱 멈춘 상태에서 끄떡도 하지 않는 것이다.

'이런 젠장!'

몸이 땀으로 흥건해지자 짜증이 밀려왔다. 그 어떤 금고 앞에서도 포기를 몰랐던 길모. 그러나 이 신물에게만은 통하지 않았다.

안타까웠다. 만약 이걸 못 연다면, 그래서 손 회장이 체크를 해본다면 다시는 기회가 오지 않을 수도 있었다. 누군가 다이얼을 돌리다 1단계에서 막혔다는 걸 공표하고 가는 꼴이었다.

'에라, 바쁠수록 돌아가랬으니…….'

길모는 금고 앞에서 맨손체조를 하며 긴장을 풀었다. 물구나무도 섰다. 피가 거꾸로 흐르면 좋은 생각이 떠오를까 싶기도 했다.

조바심으로 열릴 리 없는 절대금고. 이럴 때는 차라리 여유를 갖는 게 나았다.

시간은 어느새 30분이 지났다. 이제 더 이상은 곤란했다. 언제 다시 손 회장 부부가 돌아올지 몰랐다.

'박공팔…….'

한숨과 함께 그 얼굴이 떠올랐다. 그도 이런 표정을 지었을까? 이렇게 허탈하고 안타까운?

'아쉽지만 일단 철수…….'

한없이 머물면서 머리를 굴릴 곳이 아니었다. 길모는 금고에 묻은 지문을 지우고 돌아섰다.

다시 지하1층으로 나온 길모가 부처상의 사마귀를 눌렀다. 그러자 비밀의 문이 부드럽게 닫혔다.

'응?'

순간 길모의 머리에 한 줄기 빛이 스쳐갔다.

'어쩌면?'

길모는 다시 사마귀를 누르고 지하 2층으로 뛰었다. 자물쇠를 열고 재차 들어온 지하 2층. 길모는 신물 금고에 다가가 다이얼의 배꼽, 그 배꼽을 힘껏 밀었다.

'움직인다!'

하마터면 소리칠 뻔했다. 배꼽이었다. 부처상의 사마귀처럼 그걸 눌러야 2단계로 넘어가는 것이다. 간단한 문제가 길을 막고 있었던 것이다.

'오케이!'

후끈 달아오른 길모는 2단계 다이얼에 도전했다. 좀 더 정밀성을 요구했지만 돌파했다. 이제 두 개의 기어가 나란히 각도를 맞췄다.

'배꼽…….'

눌렀다.

'응?'

다이얼을 잡은 길모의 얼굴이 다시 굳어버렸다. 이번에는 배꼽을 눌러도 통하지 않았다.

'미치겠군.'

머리싸움이다. 신물을 만든 금고 명인과 길모의 인내심이 충돌하고 있었다. 무엇이나 뚫을 수 있는 창과 무엇이나 막을 수 있는 방패의 격돌에 다름 아니었다.

혹시나 해서 다시 눌렀다. 역시나였다.

'이제는 포기할 수 없지.'

오기가 발동했다.

'호영… 도와다오.'

결국 마음속에 SOS까지 보내는 길모. 마음을 집중한 길모의 눈에서 난폭한 안광이 터져 나왔다. 길모는 호영을 생각했다. 아니, 호영이 되고 싶었다. 한순간, 지금 이 순간만이라도.

그는…….

왜 금고 따기까지 관심을 가졌을까? 왜 해킹이나 비밀번호까지 넘보았을까?

자물통의 근본.

해킹의 기본.

관상의 기본.

이 세 가지에는 기본이 있었다.

바로 음(陰)과 양(陽)!

자물통은 자물쇠와 열쇠로 나뉜다. 음과 양이다. 해킹 역시 그 기본은 0과 1이다. 그 또한 디지털의 음과 양이다. 관상 역시 음과 양의 원리에 충실하다.

음과 양…….

누구도 피해갈 수 없다. 방어자도 공격자도, 그 어떤 무수한 조합도 음과 양의 조화를 통해 이루어질 뿐이었다.

'오, 마이 갓!'

실타래처럼 헝클어졌던 생각을 모으던 길모가 파뜩 고개를 들었다.

'이런, 이제 보니 이건 완전 식은 죽 먹기잖아?'

길모는 다시 다이얼을 잡았다. 그런 다음 배꼽을 감싸고 있던 다이얼의 둘레를 밀었다. 그러자 배꼽이 밀린 곳까지 밀렸던 둘레가 끌릭 소리를 내며 함께 밀려나왔다.

'바로 이거야!'

길모는 소리 없는 쾌재를 불렀다.

마지막 3단계까지 기어가 일치하자 청명한 소리가 새어 나왔다. 두 손을 든 금고가 보내는 축하음 같았다.

"오!"

육중한 문이 열리자 금고의 비밀이 고스란히 드러났다. 현금과 금괴였다. 3단으로 이루어진 대형 금고. 맨 바닥에는 금괴가 빼곡하고 나머지 두 칸은 5만 원 신권 뭉치가 빼곡해 숨 쉴 자리도 없었다.

'현찰만 해도 적어도 100억…….'

내친 김에 옆에 딸린 부록 금고들도 열어 젖혔다. 그곳에 든 건 만 원짜리 뭉치와 고서화 등이었다. 길모는 서둘러 장호에게 문자를 넣었다.

자정이 다 되어 손 회장 부부가 돌아왔을 때, 차를 세워야 할 자리에는 낡은 택배 트럭이 서 있었다.

"어디 파킹할까요?"

대리 기사가 물었다.

"이게 웬일이야? 트럭 앞쪽에 대세요."

소장이 대답했다.

"아니, 어떤 놈이 미쳤나?"

차에서 내린 손 회장은 트럭의 타이어를 걷어찼다.

거실로 들어선 손 회장 부부는 그대로 잠이 들었다. 대마도 여행을 망친 소장의 기분을 달래주다 보니 과음을 한 까닭이었다.

아침이 되어도 택배 트럭은 그 자리에 있었다. 부아가 치민 손 회장은 그대로 신고를 해버렸다. 이곳의 주차 자리는 주거자 우선 주차였기 때문이었다.

"이거 도난 신고 들어온 차량인데요?"

출동한 경찰이 차적을 조회한 후에 말했다.

"도난요?"

"기름이 떨어져서 놓고 간 모양이네요. 문도 안 잠겼어요."

벽 쪽의 운전석을 열어본 경찰이 말했다. 오래지 않아 차량 주인이 달려왔다. 차 주인은 보험회사 서비스를 불러 기름을 채워 넣었다.

"물건 확인했어요?"

"배달 끝나고 공터에 세워둔 거라 물건은 없었습니다."

"그럼 누가 장난으로 한 모양이군요."

"이거 폐를 끼쳐 죄송합니다."

"나중에 필요하면 부를 테니 일단 가세요."

특별한 일이 없음을 확인한 경찰이 차주에게 말했다. 차주는 손 회장 부부에게 사과의 말을 전하고 차를 움직였다. 택배 차량이 선 곳은 골목 입구의 CCTV가 미치는 한계 거리. 그러니까 택배차가 거기 서서 카메라를 장님으로 만든 셈이었다.

그 시간, 길모는 장호와 함께 헤르프메에 있었다. 둘은 아침 햇살을 받으며 현금 자루와 금괴들을 내려놓았다. 은철은 윤표와 함께 땀을 뻘뻘 흘리며 그 일을 도왔다.

그들이 옮기는 건 돈이 아니었다. 꿈이었다. 시름에 잠긴 사람들에게 용기를 건네줄 꿈. 그래서 하나도 힘들지 않았다.

자루를 다 내려놓은 후에야 길모는 숨을 돌렸다. 다시 생각해도 드라마틱한 일이었다. 그러니까 지난 밤, 장호의 연락을 받은 윤표가 아는 사람의 택배 트럭을 몰고 왔다. 그런 다음 CCTV를 가리는 각도에다 떡하니 세워놓았다.

택배 트럭 안에는 세 대의 오토바이가 있었다. 장호 것과 윤표, 그리고 성표의 오토바이.

셋은 길모가 내던지는 돈 자루를 싣고 소리 없이 골목을 빠져나갔다. 요란한 폭주만 할 줄 아는 그들이 아니었다. 오토바이라면 제 몸처럼 자유롭게 모는 실력이었으니 눈 내리는 소리처럼 고요하게 움직였던 것이다.

마지막으로 담장을 넘어온 길모 역시 택배 트럭을 방패삼아 유유히 반대편으로 걸었다. 물론 신물 금고에 선물도 남겨놓았다. 그 번호를 살짝 바꿔 버린 것.

길모조차 헤맸던 금고니 어떻게 열지 궁금했다. 아무튼 나쁘지 않았다. 금고를 여는 데 시간이 오래 걸리면 걸릴수록 길모의 흔적도 희미해질 일…….

'혹시 금고 열 사람을 구하면 은근 슬쩍 박 고문님을 꼬셔서 다시 가봐?'

길모는 즐거운 상상을 하며 밤을 누렸다. 그 밤만은 관상왕이 아니라 금고왕이었다.

제7장
여고생 구하기

덜컹!

차가 흔들리는 진동에 길모가 눈을 떴다. 차는 비포장도로를 달리고 있었다.

"더 자지그래?"

운전하는 사람은 노은철. 그는 맑은 미소로 길모를 돌아보았다.

"아직 멀었어?"

"아니, 오긴 다 왔어."

길모의 캐딜락이 다시 기우뚱거렸다. 언덕을 넘어가니 이제 사방이 산길이었다. 그제야 장호도 눈을 비비며 일어났다.

세 사람이 가는 곳은 서울에서 멀지 않은 시골 마을이었다.

마을 주민 22명에게 성폭행을 당한 지적 장애인 소녀.

금고에서 나온 돈을 옮긴 후에 길모는 그 사연을 들었다. 조금 과장해서 말하자면 작은 마을의 수컷이란 수컷은 죄다 소녀를 욕보인 것이다.

하지만 소녀는 누구의 도움도 받지 못했다. 소녀는 지적 장애인 3급이라 의사표현이 정확하지 않았고 그 아버지 역시 지적 장애인이라 제대로 눈치를 채지 못한 것이다. 그사이에 악마들은 돌아가며 소녀를 유린했다.

소녀의 억울한 사연은 그 친구 때문에 밝혀졌다. 친구가 헤르프메에 도움을 요청한 것. 경과를 들은 길모는 분노에 치를 떨었다.

소녀의 일은 이미 지역 파출소에서도 알고 있었다. 그러나 경찰들 역시 소녀를 외면했다.

'진술에 정확성이 떨어진다.'

그게 이유였다.

육하원칙하에 가해자를 고발해야 하는데 그게 안 된다고 했다. 결국 조사 중에 범행을 인정한 두 명만 성폭행 미수로, 그것도 불구속 기소로 종결이 났다.

친구가 다시 나선 것도 이 이유 때문이었다. 자기가 들어도 그 동네 사람들이 성폭행한 걸 알겠는데 경찰이 처벌하지 않자 도와줄 사람을 찾아 나선 것.

이 일로 소녀는 3중고에 처했다.

첫째는 성병까지 걸려 증상이 악화되고 있지만 돈이 없어 치료를 제대로 받지 못하는 것.

둘째는 소문을 들은 이웃 동네 수컷들까지 껄떡거리는 것.

셋째는 신고했다는 이유로 동네 사람들에게 적반하장 질타를 받고 있는 것.

그러나 소녀는 아무것도 할 수가 없었다. 그녀의 판단 능력은 떨어지고 하나뿐인 아버지는 그녀보다 더 장애가 심한데다 가난한 탓에 이사조차 갈 수 없기 때문이었다.

"미쳤군."

이야기를 들은 길모는 몸서리를 쳤다.

대한민국이 미쳤다. 그 동네 사람들이 미쳤고, 그 동네 경찰이 미쳤다. 법은 대체 어디에 있단 말인가? 법으로 보호하기는 커녕 법을 믿었다가 오히려 더 큰 곤란에 처하다니.

더욱 분노가 치미는 건 경찰의 태도였다.

"1차 조사를 할 때는 강간당했다고 얘기한 거 같은데 그 뒤에 정식 조사할 때는 아니라고 했고… 그러니 피해자가 구체적인 진술을 못할 때 피의자가 부인해 버리면 구속하기 힘듭니다. 해봤자 100% 영장이 기각되어 버리거든요."

은철이 알아본 경찰의 공식 입장이었다.

"그러니까 그게 말이 되냐고? 피해자는 지적 장애인이잖아?"

길모는 목소리를 높이지 않을 수 없었다.

우리는 알고 있다. 지적장애인이라면 자신에게 생긴 일을 논리적으로 설명하지 못할 수도 있다는 걸. 그런 경우에다 일반인과 같은 잣대를 들이댄다니…….

"법의 한계이자 맹점이지."

은철의 대답이었다.

어이없는 판례도 있다고 한다. 한 장애인 시설에서 직원이 지적장애인 여성을 성폭행했다. 1심은 피해자의 진술에 신빙성이 있다며 실형을 선고했다.

하지만 2심은 범행의 개연성은 인정하지만 범행 일시와 장소에 대한 신빙성이 떨어진다면 무죄를 선고했다. 여기에 피해자의 진술 일부에 대한 의문까지 덧붙였다.

피해자 측은 반발했다.

사건의 개연성은 인정하면서 장애인의 진술의 논리성을 문제로 무죄 판결을 내린 재판부를 성토한 것. 여기서 나온 게 피해자에게, 성폭행을 당한 동네의 번지나 거리의 이름을 대라는 거였단다. 한마디로 지적장애인에게는 불가능한 증거를 요구한 것이니 애당초 공정한 재판이 아니었다.

덜컹!

차가 한 번 더 기우뚱거리자 냇가 건너로 그림 같은 마을이 드러났다. 길모는 한숨을 쉬었다. 추악한 사건이 일어나기엔 너무 조용하고 아름다운 마을이었다.

"아무튼 그래서 조치에 들어갔어. 서울에 사는 피해자 아버지의 형님을 따로 만났는데 그 나쁜 놈들을 어떻게든 처벌해 달라고 간청하길래……."

은철이 말했다.

피해자의 큰아버지.

처음에 길모는 그 사람도 탓했었다. 같은 피붙이다. 그런데 그렇게 버려두고 살다니. 하지만 은철의 설명을 들으니 얼굴이 화끈거렸다. 큰아버지 역시 다리 한쪽이 없는 장애인이었다. 게다가 서울 변두리의 지하 셋방에 살면서 폐지 수거로 연명하고 있으니 누굴 도울 입장이 아니었다.

"여기야!"

마침내 캐딜락이 쓰러지기 직전의 슬레이트 집 앞에서 멈췄다.

'돼지우리.'

불손하게도 그 단어가 떠올랐다. 반쯤 허물어진 담장과 대충 달라붙은 창문… 작은 마당 또한 온갖 잡동사니가 썩어나고 있었다.

소녀의 집은 동네에서 약간 떨어져 있었다. 집 뒤로는 소 축사가 보였다. 소똥 냄새까지 진동하는 최악의 위치였다.

[어휴!]

장호가 고개를 저었다.

무너지기 직전의 낡은 집과 그 뒤로 이어지는 축사. 분명 축사가 나중에 들어왔을 것이다. 만약 소녀의 아버지가 정상인이라면 축사 건축은 불가능했을 것이다. 이게 비극이다. 약한 사람들에게는 한없이 모진 세상. 길모의 가슴이 쓰려왔다.

"아저씨!"

잠시 후에 한 여고생이 자전거를 타고 도착했다. 헤르프메에 도움을 요청한 그 학생이었다. 은철과는 이미 안면을 익힌 사이 같았다.

"미진이는?"

은철이 말하자,

"잠깐만요."

여고생이 비명을 지르는 대문을 밀고 들어갔다.

"없어요. 나갔나 봐요."

여고생은 바로 나왔다.
“어디 갔는지 아니?”
“제가 찾아볼게요. 멀리 가지는 않았을 거예요.”
여고생은 자전거 위에 오르더니 힘차게 페달을 밟았다.
“아저씨!”
잠시 후에 여고생이 헉헉거리며 돌아왔다.
“찾았어?”
“그런데…….”
여고생은 울상을 지었다.
“왜? 무슨 일이 있어?”
“할아버지들이 미진이를…….”
바로 울먹이며 주저앉는 여고생.
“젠장!”
사태를 알아챈 길모가 미친 듯이 달리기 시작했다.
“오른쪽 상추 하우스예요!”
여고생이 소리쳤다. 한달음에 도착한 길모가 문을 박차려 할 때 안에서 비명이 터져 나왔다.
“악!”
“악악악!”
비명은 거칠었다. 다급해진 길모는 하우스 문을 박차고 들어갔다.
“……!”
70대쯤 되었을까? 미진이 팔을 하나씩 잡고 늘어진 두 노인이 기겁을 하며 돌아보았다. 미진이는 가슴이 허옇게 드러나고 치마까지 벗겨진 채 벗어나려고 소리를 지르고 있었다.

"으아아!"

길모의 성난 주먹이 노인을 향해 날아갔다.

"홍 부장, 안 돼!"

뒤에서 은철이 소리쳤다. 길모의 주먹은 노인의 코앞에서 멈췄다. 때리면 폭행이다. 일이 복잡해질 수 있었다. 길모는, 주먹을 거두고 두 노인을 상추 박스 위에 던져버렸다.

"왜, 왜 이래? 당신들 뭐야?"

널브러진 노인이 허리를 만지며 물었다.

"미진이 변호사입니다!"

은철이 나섰다. 동시에, 두 노인의 얼굴이 하얗게 질리는 게 보였다.

"오, 오해야. 우린 그저 얘 몸에 흙이 묻어서 털어주려고……."

인간은 어디까지 추해질 수 있는 걸까? 뻔히 현장을 들키고도 발뺌을 하는 두 노인. 그러나 관상이 말하고 있었다. 사팔의 눈에 간문이 추잡한 노인들. 나이는 먹었지만 교활하고 색을 밝힌다는 증거였다.

[아, 진짜 개영감탱이들이네.]

흥분한 장호가 수화를 그렸다.

"사진 찍었거든요. 경찰 부를 테니까 거기 가서 말씀하세요."

은철은 길게 말하지 않고 전화기를 꺼냈다.

"아이고, 변호사 양반. 왜 이러시나? 그냥 장난으로 해본 일을 가지고……."

"그려. 우리가 이 나이에 뭘 어쩌겠어? 얘가 덥다길래 씻겨주려고 한 것뿐이라고."

노인들의 변명을 듣자 길모는 핏대가 뻗치기 시작했다.

[형!]

그 속내를 알아차린 장호가 비닐하우스 입구에 놓인 유기농 거름통을 가리켰다. 노란 FRP 통에 절반쯤 찬 방충 겸용 유기농 비료 용액. 길모는 은철이 놀랄 사이도 없이 노인 둘을 그 통에 다 처박아 버렸다.

"더워서 정력이 아랫도리로 뻗친 모양인데 좀 씻고 나오시죠."

길모는 고개를 드는 노인들을 한 번 더 처박아 버렸다.

오래지 않아 경찰차가 도착했다.

노인들은 변명으로 일관했지만 바로 연행되었다. 은철은 키를 장호에게 넘겨주었다. 그런 다음 미진을 데리고 뒷좌석에 앉았다.

"아저씨, 나쁜 놈들 꼭 처벌받게 해주세요!"

갈림길에서 여고생이 울먹이며 소리쳤다. 여고생은 소녀와 다른 마을에 사는 친구였다.

"미진아, 아저씨 알지?"

은철이 부드럽게 말했다. 소녀는 착한 미소로 고개를 끄덕거렸다.

"시계 이리 주렴."

은철이 말하자 소녀가 손목을 내밀었다. 은철은 투박한 손목시계를 벗겼다.

"지난번에 와서 조치한 거야. 녹음 기능 시계인데 남자들이 무은 짓하려고 하면 스위치를 누르고 무조건 악을 쓰라고 했지. 악!"
"악!"
소녀가 따라했다. 아까 들었던 비명. 바로 그것이었다.
"그런 다음엔 어떻게 한다고?"
"집으로 도망쳐요."
소녀는 어눌하지만 제법 또렷하게 대답했다.
"잘했다."
"히힛!"
"약은 잘 먹고 있지?"
"네."
"고생했다."
은철은 소녀의 등을 토닥이며 아픈 마음을 달래주었다.
수사는 불이 붙었다.
파출소에 도착한 은철이 도경에까지 전화를 때린 것이다. 당장 경찰서 수사과장을 필두로 형사 세 명이 달려왔다. 은철은 그동안 미진에게 들은 가해자 22명의 이름과 함께 녹음 파일을 내놓았다. 오리발을 내밀던 동네 수컷들은 경악하고 말았다. 자기 목소리가 들어 있는 바에야 발뺌할 수 있는 일이 아니었다.
"미진아!"
잠시 소녀의 집으로 돌아온 은철이 소녀를 바라보았다.
"고마워요. 변호사 아저씨……."
소녀의 눈에서 눈물이 뚝뚝 떨어졌다.
"나한테 고마울 건 없고 저기 홍 부장님한테 인사하렴."
"홍 부장님?"

“저분이 미진이 아빠하고 미진이가 쉴 곳을 마련해 줄 거야. 서울 큰 아빠랑 같이 살고 싶다고 했었지?”

“네…….”

“작지만 집도 마련했고 큰아빠가 전에 음식점 주방장이라기에 장애인용 푸드 트럭도 한 대 준비했다. 미진이도 요리 좋아한다니까 큰아빠 도와서 돈 많이 벌어라.”

“정말… 요?”

“그럼 정말이지. 우리 홍 부장님은 거짓말하는 사람이 아니거든.”

“아저씨!”

미진은 말릴 사이도 없이 달려와 길모를 껴안았다.

“노 변…….”

“뭐 내가 틀린 말했나?”

은철이 어깨를 으쓱해 보였다.

“하지만 이 사건은…….”

“사건이 중요한 게 아니야. 까짓 나야 심부름꾼에 불과한데 뭐가 힘들까? 다 홍 부장이 멀어주는 자금이 있으니 가능한 거지.”

“아, 진짜…….”

“그러지 말고 어깨나 한 번 두드려 줘. 얼마나 고단하게 살았겠어? 저 개새끼들 틈바구니에서… 자그마치 초등학교 6학년 때부터 당해온…….”

말을 잇던 은철은 끝내 눈물을 보이고 말았다. 그 옆의 장호도 콧물을 닦느라 바쁘다. 길모는 미진의 등을 토닥거려 주었다.

‘내 작은 격려가 힘이 될 수 있다면…….’

길모의 손에 묻은 따스함이 소녀의 마음으로 건너갔다.

조사가 마무리되자 길모 일행은 다시 미진의 집으로 향했다. 살림을 마무리해서 서울로 가야 하기 때문이었다. 집에는 벌써 작은 트럭이 한 대 도착해 있었다. 친구를 몇 명 데리고 온 여고생의 모습도 보였다.

지상에서 가장 초라한 이삿짐.

오피스텔로 이사할 때, 길모도 별 이삿짐이 없었다. 하지만 미진네와 비교하면 그것조차 왕의 이삿짐으로 보였다. 낡은 옷 몇 벌과 소지품들, 기타 살림살이는 버려도 그만일 물건들이었다.

"고맙습니다, 고맙습니다!"

그사이에도 미진의 아빠는 은철과 길모에게 연신 허리를 조아렸다.

"아저씨, 정말 고마워요. 우리 미진이 잘 보살펴 주세요."

짐이 어느 정도 마무리되자 여고생이 은철에게 말했다. 그녀의 눈에도 뜨거운 흔적이 가득했다. 은철은 미진과 여고생, 그리고 친구들을 마당에 세우고 사진을 찍어주었다.

초라하지만 미진에게는 바람을 막아주던 소중한 공간. 그 안에서는 그나마 늑대들의 손을 피할 수 있었던 공간이기 때문이었다.

"전화해. 아니면 이메일하든지!"

트럭이 출발하자 여고생은 개울가까지 따라나오며 손을 흔들었다.

"은숙아, 안녕. 안녕!"

미진이 몇 번이고 손을 흔들었다. 여고생의 이름은 은숙인 모양이었다. 미진은 멀어지는 모든 것들에게 안녕을 고했다. 다리와 느티나무, 그리고 개울과 산… 수컷들은 그녀에게 지옥이었지만 나머지 모든 것은 친구였던 것이다.

[갑자기 내가 수컷인 게 싫어졌어요.]

운전하던 장호가 수화를 그렸다. 길모는 조수석에 타고 있었다. 뒷좌석에는 은철을 대신해 소녀와 아버지가 타고 있다. 은철이 소녀 부녀를 위해 트럭 조수석을 고집한 덕분이었다.

수화를 본 미진이 갑자기 장호를 향해 불쑥 고개를 내밀었다. 장호와 길모가 돌아보자, 소녀는 두 손을 머리 위로 모아 하트를 그리며 웃었다. 길모는 부드러운 미소로 답해 주었다.

"그러지 마라. 세상의 수컷이 다 나쁜 건 아니니 먼 훗날 미진이 앞에도 멋진 왕자님이 나타날 거야."

길모는 보았다. 상처로 얼룩진 그녀의 간문에 서린 어두운 빛이 흐려지기 시작하는 걸. 지상에서 누구보다 착한 심상을 지닌 그녀. 그녀의 삶은 이제부터였다.

고진감래.

폭풍 뒤에는 평화가 오리니!

『관상왕의 1번 룸』 7권에 계속…

박선우 장편 소설
FUSION FANTASTIC STORY
PERFECT GAME
퍼펙트 게임